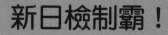
提供 MP3 朗讀音檔下載

新日檢制霸！

N5 單字速記王

必考單字 × 出題重點 × 主題式圖像

由日語專業教師審訂，以實用情境句、圖像式記憶，完全掌握 JLPT 言語知識

三民日語編輯小組　彙編

眞仁田　榮治　　審訂

三民書局

國家圖書館出版品預行編目資料

新日檢制霸！N5單字速記王／三民日語編輯小組彙
編,眞仁田 榮治審訂.－－初版二刷.－－臺北市: 三
民，2022
　　面；　公分

　ISBN 978-957-14-6653-8　（平裝）
　1.日語 2.詞彙 3.能力測驗

803.189　　　　　　　　　　　　108007707

JLPT 滿分進擊

新日檢制霸！N5 單字速記王

彙　　　編	三民日語編輯小組
審　　　訂	眞仁田 榮治
責任編輯	游郁苹
美術編輯	黃顯喬
內頁繪圖	MaiBi
發 行 人	劉振強
出 版 者	三民書局股份有限公司
地　　　址	臺北市復興北路 386 號 (復北門市)
	臺北市重慶南路一段 61 號 (重南門市)
電　　　話	(02)25006600
網　　　址	三民網路書店 https://www.sanmin.com.tw
出版日期	初版一刷 2019 年 8 月
	初版二刷 2022 年 6 月
書籍編號	S805840
I S B N	978-957-14-6653-8

三民書局

必考單字 × 出題重點 × 主題式圖像

～以單字與文法為點，例句為線，使學習連成圓～

日本語能力試験はN5からN1まであります。N5は一番簡単な試験です。

日本語能力試験は話す能力、書く能力の試験ではありません。基本的に読む能力、聞く能力の試験です。理解する能力の試験です。

言葉を理解するとき、語彙が一番大切です。語彙をたくさん知っている人は文を理解しやすいです。そして試験にも合格しやすいです。この本で語彙をたくさん勉強しましょう。

中国語の文法と日本語の文法は全然違いますが、漢字と語彙は同じものが多いです。私はたくさんの台湾人の大学生に日本語を教えました。彼ら、彼女たちはよく「日本語は簡単だと思いました」と言います。中国語話者は日本語の漢字の単語を見たら、だいたい意味が分かりますから。ですから初級のときは、全然難しくないです。しかし、「だんだん難しくなりました」と言う学生が多いです。特に聞いたり、発音したりするとき、中国語話者は、「日本語は難しいです」と言います。漢字が手伝ってくれないからです。言語の本質は文字ではありません。音です。ですから日本語の音声をたくさん聞いて、発音の練習もしてください。

本書では単語にアクセント記号が付いていますし、例文を音声で聞くこともできます。言語の本質は音声だということをいつも気にしながら勉強して下さい。

試験に合格するだけでなく、日本語を使って、興味のあることを知ったり、伝えたりしてください。N5の試験に合格したあと、みなさんがもっと勉強して、日本語で交流してほしいと思います。

眞仁田 榮治

日本語能力試驗分為 N5 至 N1，N5 是最簡單的測驗級別。

日本語能力試驗並非測驗口說及寫作能力，基本上是屬於測驗閱讀與聽力，也就是理解能力的考試。

理解話語的時候，字彙是最為重要的。懂得許多字彙的人較容易理解句子，而且也更容易通過考試。讓我們透過這本書多多學習字彙吧！

雖然中文和日語的文法完全不同，卻有很多相同的漢字及字彙。我教過許多臺灣的大學生日語，他／她們常說「我覺得日語很簡單」。因為中文母語者一看到日語漢字的單字，大致上就理解意思，因此在初級的時候完全不覺得難。但有很多學生會說「日語變得越來越難了」，特別是在聆聽跟發音的時候，中文母語者就會覺得「日語好難」，因為漢字再也無法給予幫助了。語言的本質並非文字，而是聲音。因此請多多聆聽日語的語音，以及多多練習發音。

本書在單字上附有重音記號，也可聆聽例句語音。請隨時留意語言的本質是聲音這點，同時進行學習。

不僅僅是通過考試，還請用日語去了解、傳達感興趣的事物。我希望各位在通過 N5 的考試之後，還能多加學習，並透過日語進行交流。

真仁田榮治

本書針對新制日本語能力測驗的「言語知識（文字・語彙・文法）」，精選必考單字，搭配重點文法與主題式圖像，編著多種情境句，形成全方位單字書。

◇ **速記必考重點**

① 必考單字

以電腦統計分析歷屆考題與常考字彙後，由教學經驗豐富的日語教師刪減出題頻率較低的單字，增加新制考題必背單字，並以 50 音順序排列，方便查詢背誦。

② 最新出題重點

針對新制言語知識考題的最新出題趨勢，詳細解說常考字彙、文法以及易混淆字彙，精準掌握單字與文法考題。

③ 主題式圖像

用趣味性插圖補充主題式單字，讓學習者能運用圖像式記憶，自然記住相關字彙，迅速擴充必考單字庫。

④ 生活情境句

新制日檢考題更加靈活，因此提供符合出題趨勢的例句，並密集運用常考字彙與文法，幫助考生迅速掌握用法與使用情境，自然加深記憶，提升熟悉度。

⑤ 標準發音

朗讀音檔由日籍專業錄音員錄製，幫助考生熟悉日語發音。本書電子朗讀音檔請至三民・東大音檔網 (https://elearning.sanmin.com.tw/Voice/) 下載或線上聆聽。

運用本書認真學習的考生，能透過生活情境、圖像式記憶，迅速有效率的學習單字與文法，無論何時何地皆可靈活運用，在日檢中輕鬆驗證學習成果。

N5 著重在假名的運用，希望考生能熟悉平假名、片假名以及基本漢字，具備閱讀短文的能力。因此對於中文母語人士來說，不過度依賴漢字，學習用假名記憶日文十分重要。

背單字最有效率的方法之一是「配合例句背單字」，不僅可以熟悉情境上的應用，洞悉上下文的脈絡，對於實際對話或是閱讀也有極大的助益。在學習的單字量增加後，還可以代換句中的詞語，增加談話內容的廣闊度。

善用眼、耳、口、手、心五感學習，更能在日檢閱讀與聽力測驗中獲取高分，而在口說與書寫的實際應用上，也能更加得心應手、運用自如。

1 背誦確認框

檢視自己的學習進度，將已確實熟記的單字打勾。

2 精選單字

假名上方加註重音，【 】內為日文漢字或外來語字源。

3 字義與詞性

根據新日本語能力試驗分級，標示符合本書難易度的字義。

▶詞性一覽表

自	自動詞	名	名詞	連體	連體詞	接續	接續詞
他	他動詞	代	代名詞	連語	連語	接助	接續助詞
Ⅰ	一類動詞	い形	い形容詞	感嘆	感嘆詞	終助	終助詞
Ⅱ	二類動詞	な形	な形容詞	助	助詞	接頭	接頭詞
Ⅲ	三類動詞	副	副詞	慣	慣用語	接尾	接尾詞

＊為配合 N5 學習範圍，本書內文精簡部分單字的詞性標示。

4 相關單字

整理相關必背「類義詞」、「反義詞」及「衍生詞」，幫助考生擴大單字庫，對應新制日檢的靈活考題。

5 日文例句與中文翻譯

在生活化例句中密集運用常考的字彙與文法，讓考生熟悉用法、加強印象，並提供中文翻譯參考。

6 對應標示

標示本書相關單字的位置，方便學習者查詢、對照。

7 音軌標示

可依照對應的數字，按 P.11 的說明下載或線上聆聽音檔。

8 出題重點

針對新制日檢言語知識的考題，說明出題頻率較高的文法、詞意、慣用語等。另有隱藏版的「文化補充」，幫助學習者更加瞭解日本文化。
▶文法：以淺顯易懂的文字說明常考句型。
▶文法辨析：說明易混淆的文法用法。
▶詞意辨析：區別易混淆的單字意義與用法。
▶固定用法：列舉詞彙的固定搭配用語。
▶慣用：衍生出不同於字面意義的詞彙。
▶搶分關鍵：釐清易混淆的考試要點。

9 主題式圖像

將相同類型的補充單字搭配精美插圖，幫助考生記憶單字。

▶出題重點接續符號標記一覽表

接續符號	活用變化	範例
N	名詞語幹	今日、本、休み
な形	な形容詞語幹	きれい
い形—い	い形容詞語幹	忙し
い形—かった	い形容詞過去形	忙しかった
V—ます	動詞ます形	話します、見ます、来ます、します
V—ます		話し、見、来、し
V—ません	動詞ます形否定形	話しません、見ません、来ません、しません
V—て	動詞て形	話して、見て、来て、して
V—ている	動詞ている形	話している、見ている、来ている、している
V—た	動詞過去形	話した、見た、来た、した
V—ない	動詞否定形	話さない、見ない、来ない、しない
V—ない		話さ、見、来、し

▶用語說明

第1類動詞：又稱「五段動詞」，例如：「読む」、「話す」。此類動詞是根據字尾進行變化。

第2類動詞：又稱「上下一段動詞」，例如：「見る」、「食べる」。此類動詞是將字尾的「る」去掉進行變化。

第3類動詞：又稱「不規則動詞」，例如：「する」、「来る」。此類動詞的變化不規則。

瞬間動詞：瞬間就能完成的動作，例如：「消える」、「終わる」。

繼續動詞：需要花一段時間才能完成的動作，例如：「食べる」、「読む」、「書く」。部分動詞同時具有瞬間動詞與繼續動詞的特性，例如：「着る」、「履く」。

請先輸入網址或掃描 QR code 進入「三民‧東大音檔網」。
https://elearning.sanmin.com.tw/Voice/

1 輸入本書書名搜尋,或點擊「日文」進入日文專區後,選擇「JLPT 滿分進擊系列」查找,即可下載音檔。

2 若無法順利下載音檔,可至右上角「常見問題」查看相關問題。

3 若有音檔相關問題,請點擊「聯絡我們」,將盡快為您處理。

新制日本語能力試驗 N5 的試題可分為「言語知識（文字‧語彙）」、「言語知識（文法）‧讀解」、「聽解」三大部分，皆為四選一的選擇題。其中，單字正是「文字‧語彙」部分的得分關鍵，熟記字彙的意思與寫法，並搭配本書「出題重點」當中的「詞意辨析、固定用法、慣用、搶分關鍵」，就能輕鬆掌握此部分。「言語知識（文字‧語彙）」共有以下四種題型：

1 漢字讀音

_____ の ことばは ひらがなで どう かきますか。1‧2‧3‧4から いちばん いい ものを ひとつ えらんで ください。

（れい） いもうとは かみが 長いです。

　　　　1 たかい　　　2 たがい　　　3 なかい　　　4 ながい

解答：4

　　本大題主要測驗考生是否能判斷漢字的讀音。作答時可能受相似選項混淆，而無法選出正確答案。因此，平時學習上須多加留意單字當中的濁音、半濁音、促音和長音，以及訓讀漢字的念法。

2 假名及漢字寫法

_____ の ことばは どう かきますか。1‧2‧3‧4から いちばん いい ものを ひとつ えらんで ください。

（れい） わたしが いちばん すきな どうぶつは いぬです。

　　　　1 大　　　　2 天　　　　3 犬　　　　4 太

解答：3

　　本大題主要測驗考生是否能判斷平假名所對應的漢字，或是片假名的正確寫法。對臺灣考生來說是相當容易得分的一大題，不過仍須用心作答，避免一不小心選到錯誤的漢字或片假名寫法。

3 前後文脈

（　　）に　なにが　はいりますか。1・2・3・4から　いちばん　いい　ものを　ひとつ　えらんで　ください。

（れい） つかれましたから、（　　　）に　のります。

1　スーパー　　　　2　エスカレーター

3　プレゼント　　　4　ハンカチ

解答：2

　　本大題主要測驗考生是否能根據前後文，選出適當的語彙。考試重點除了常見的名詞、形容詞、動詞之外，也包含量詞和單位的搭配。平時學習上不僅要留意單字的中文意思，也可以透過多閱讀情境例句，來記憶常見的搭配用法。

4 類義替換

_____の　ぶんと　だいたい　おなじ　いみの　ぶんが　あります。1・2・3・4から　いちばん　いい　ものを　ひとつ　えらんで　ください。

（れい） けさ　たべた　ケーキは　おいしかったです。

1　きょうの　あさ　たべた　ケーキは　おいしかったです。

2　あしたの　あさ　たべた　ケーキは　おいしかったです。

3　きょうの　よる　たべた　ケーキは　おいしかったです。

4　あしたの　よる　たべた　ケーキは　おいしかったです。

解答：1

　　本大題主要測驗考生是否能選出相近題目敘述意思的表達方式，也就是換句話說。時間副詞、形容詞以及動詞為本題型的常考範圍，學習上可多記憶單字的「類義詞」、「反義詞」和「衍生詞」。

　　透過本書有效地背誦字彙、增加單字量，便能在日檢考試獲得高分。

＊實際出題情況、考試時間等，請參考日本語能力試驗官方網站：

http://www.jlpt.jp/tw/index.html

N5 單字速記王

目次

あ行

か行

さ行

た行

圖片來源：MaiBi、Shutterstock

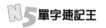

▶あ／ア

0001
□

🔊
01

アイス
【ice】

名 冰；冰淇淋（「アイスクリーム」的省略語）
類 こおり【氷】冰

例 抹茶アイスが一番好きです。　我最喜歡抹茶冰淇淋。

0002
□

あいだ
【間】

名 之間

例 埼玉は東京と群馬の間です。　埼玉位於東京和群馬之間。

0003
□

あう
【会う】

自I 見面；遇見
類 であう【出会う】遇到

例 きのう、駅で友達に会いました。　昨天在車站遇見朋友。

出題重點

▶**文法　に会う VS と会う**

「と」指雙方互相的動作，而「に」表示單方面的動作。

例 あした友達と会う約束があります。　和朋友約好明天見面。

0004
□

あおい
【青い】

い形 藍色的
衍 あおしんごう【青信号】綠燈

例 カリフォルニアの空はとても青かったです。　加利福尼亞州的天空很藍。

出題重點

▶**文法　い形－かった**

活用變化的「た形」除了表示動作做完，也可以用來表示經驗。而い形容詞變成「た形」的方法是將語尾的「い」改成「かった」。

0005
□

あかい
【赤い】

い形 紅色的
衍 あか【赤】紅色／あかちゃん【赤ちゃん】嬰兒

例 ウサギは目が赤いです。　兔子的眼睛是紅色的。

出題重點

▶文法　Ａはｂが＋い形

「Ａ」是句子裡的大主語，「Ｂ」則是小主語。

例　妹は髪が長いです。

妹妹的頭髮很長。（「頭髮很長」是對妹妹的描述）

▶文法　ＡのＢは＋い形

把焦點放在「ＡのＢ」，也就是刻意聚焦在某部分時使用。

例　妹の髪は長いです。

妹妹的頭髮很長。（句子的焦點在「妹妹的頭髮」上）

0006
□ **あかるい**
【明るい】

い形 明亮的
反 くらい【暗い】昏暗的

例　今晩は月が明るいです。　今晚的月亮很明亮。

0007
□ **あき**
【秋】

名 秋天
衍 しき【四季】四季

例　もうすぐ秋になりますね。　很快就要入秋了呢。

四季

春	夏	秋	冬
春天	夏天	秋天	冬天

0008
□ **あく**
【空く】

自Ⅰ 空著；有空

例　すみません。この席は空いていますか。

不好意思，請問這個位子是空著的嗎？

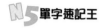

0009
□

あく
【開く】

自Ⅰ 開著（門窗）；開門營業
反 しまる【閉まる】關

例 そのレストランは夜 10 時まで開いています。

那家餐廳開到晚上 10 點。

出題重點

▶**文法 まで的用法**

這裡的「まで」表示動作持續到某時間點為止。

例 最後まで仕事をします。 工作到最後。

0010
□

あける
【開ける】

他Ⅱ 打開
類 ひらく【開く】開 反 しめる【閉める】關

例 早く祖母からのプレゼントを開けたいです。

好想快點打開奶奶給的禮物。

出題重點

▶**詞意辨析 開ける VS つける**

日文裡打開門窗或瓶蓋的「開」要使用「開ける」，反義詞「關」為「閉める」。打開電器用品之電源的「開」則使用「つける」，反義詞為「消す」。

例 ドアを開ける。 開門。／ドアを閉める。 關門。

例 電気／エアコンをつける。 開電燈／冷氣。
電気／エアコンを消す。 關電燈／冷氣。

0011
□

あげる
【上げる】

他Ⅱ 抬高，舉起

例 手を上げてください。 請把手舉高。

出題重點

▶**文法 Ｖ－てください 請～**

命令、請求對方做某事，多對身分地位和自己相當或較低的人使用。

22

0012 あげる
□

他II 給
類 くれる 給（我、我方）

例 子供にお金をあげました。　給了小孩錢。

出題重點

▶文法　あげる／もらう／くれる　授受動詞

「あげる」為「給他人」，「もらう」為「從他人那裡得到」，「くれる」
則為「他人給我（我方）」。

例 （私は）姉に雑誌を 1 冊あげました。　我給了姊姊 1 本雜誌。
例 （私は）先生にサインをもらいました。　我從老師那裡拿到了簽名。
例 姉は（私に）おにぎりをくれました。　姊姊給了我飯糰。

0013 あさ
□ 【朝】

名・副 早上
反 ばん【晩】晚上／よる【夜】夜晚

例 昨日は朝 7 時に起きました。　昨天早上 7 點起床。

0014 あさごはん
□ 【朝ごはん】

名 早餐
類 ちょうしょく【朝食】早餐

例 朝ごはん、食べましたか。　你吃早餐了嗎？

0015 あさって
□ 【明後日】

名・副 後天　　　→ 附錄「時間副詞」
反 おととい【一昨日】前天

例 あさって大阪に行きます。　後天會去大阪。

0016 あし
□ 【足】

名 腿，腳　　　→ 附錄「身體」
衍 て【手】手

例 足が痛いです。歩くことができません。　腳很痛，無法走路。

0017 あした
□ 【明日】

名・副 明天　　　→ 附錄「時間副詞」
衍 きょう【今日】今天

例 明日の明日はあさってです。　明天的明天是後天。

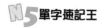

0018 □ あそこ　　　　　　　　　　代 那裡　　　　　　　→0394 單字

例 あそこに灰皿があります。タバコはあそこで吸ってください。

那裡有菸灰缸，請在那裡吸菸。

出題重點

▶文法　は

助詞「は」的主要功能是用來表示主語的範圍。在日常對話中，「は」有時會取代原本句子裡的助詞「を」，這種情況下的「は」屬於提示主題的用法。例如以下的第二個句子裡，「魚」後面的助詞「を」變成了「は」，代表說話者提起「魚」作為該句的話題。

例 日本人はよく魚を食べます。

日本人經常吃魚。

例 （日本人は）魚はよく食べます。

魚是日本人常吃的食物。（提示話題為「魚」）

0019 □ あそぶ【遊ぶ】　　　自I 玩
衍 ゲーム【game】遊戲；電玩；比賽

例 子供が公園で遊んでいます。　小孩在公園裡玩。

0020 □ あたたかい【暖かい】　　い形 暖和的，溫暖的
反 すずしい【涼しい】涼爽的

例 今日は暖かいですね。　今天很暖和對吧。

0021 □ あたたかい【温かい】　　い形 溫熱的，溫暖的
反 つめたい【冷たい】冰涼的

例 お弁当はまだ温かいです。　便當還是熱的。

出題重點

▶詞意辨析　まだ VS また

「まだ」為還沒、尚未之意，「また」為再、又的意思，且要特別留意，這兩個字的重音完全不一樣，千萬不要搞混了！

例 今日はこれで失礼します。明日また来ます。

今天就先行告退了。我明天還會再來的。

0022

あたま
【頭】

名 頭；頭腦　　　　　　　　　　　　→ 附錄「身體」

衍 くび【首・頸】脖子

例 彼は頭がよくて、優しい人です。　他頭腦很聰明，人也很溫柔。

0023

あたらしい
【新しい】

い形 新的

反 ふるい【古い】舊的

例 新しいカメラを買いました。　買了新的相機。

新舊

new
新しい
新的

old
古い
舊的

0024

あちら

代 那邊；那位（遠離對話者）　　　→0396 單字

衍 こちら 這邊／そちら 那邊

例 A：すみません、トイレはどこですか。　不好意思，請問廁所在哪裡？

B：あちらにあります。　就在那邊。

0025

あつい
【暑い】

い形 炎熱的

反 さむい【寒い】寒冷的

例 ちょっと暑いですね、この部屋。　這間房間有點熱呢。

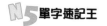

冷熱

あつ
暑い
炎熱的

さむ
寒い
寒冷的

0026
☐
あつい
【熱い】

い形 熱的，燙的
反 つめたい【冷たい】冰冷的

例 熱いコーヒーを飲みながらラジオを聞きました。

一邊喝熱咖啡一邊聽廣播。

出題重點

▶**文法　V―ます＋ながら　一邊～一邊～**

用於主詞相同的狀況下同時進行兩件事，此時後面的動詞為主要動作。

例 スマホを見ながら歩かないでください。

請不要一邊走路一邊看手機。

▶**詞意辨析　暑い VS 熱い**

「暑い」用來描述氣溫，反義詞為「寒い（寒冷的）」。「熱い」則用來
描述具體或抽象事物的溫度，前者例如咖啡，後者例如兩人的關係等等，
反義詞為「冷たい（冰冷的）」。

0027
☐
あつい
【厚い】

い形 厚的
反 うすい【薄い】薄的

例 この辞書は厚いです。　這本字典很厚。

0028
☐
あつまる
【集まる】

自I 集合，聚集
衍 あつめる【集める】集合；收集

例 明日、9時にここに集まってください。　明天9點請在這裡集合。

0029 □
「あと
【後】

名（時間點）〜後，之後
反 まえ【前】之前

例 映画が終わったあとで喫茶店へ行きました。

電影結束後去了咖啡廳。

0030 □
「あなた

代（第二人稱）你，妳

例 あなたの名前を教えてください。

請告訴我你的名字。

出題重點

▶搶分關鍵　日文裡的第二人稱

「あなた」可用來稱呼平輩或晚輩，但在實際的日常對話當中，日本人很少使用「あなた」來當面稱呼對方。一般是用姓氏加「さん」或直接稱呼頭銜。（例外：妻子會稱丈夫為「あなた」，或是廣告標語無指定特定人群時可使用「あなた」。）

0031 □
🔊 02
「あに
【兄】

名（稱自己的）哥哥
→附錄「家人」
類 おにいさん【お兄さん】哥哥

例 兄はアニメが大好きです。　哥哥很喜歡動畫。

0032
あね
【姉】
- 名（稱自己的）姊姊 → 附錄「家人」
- 類 おねえさん【お姉さん】姊姊

例 姉の趣味はマンガを描くことです。　姊姊的興趣是畫漫畫。

0033
あの～
- 連體（遠處）那個～ →0398 單字
- 衍 その 那個／この 這個

例 あの人は誰ですか。　那個人是誰？

0034
あのう・あの
- 感嘆 那個～（引起他人注意、說話時停頓）

例 あのう、すみません。入り口はどこですか。
那個打擾一下，請問入口在哪裡？

0035
アパート
【apartment house】
- 名（輕鋼或木造，多為2層樓）公寓
- 類 マンション【mansion】華廈

例 彼はアパートの2階に住んでいます。　他住在公寓的2樓。

0036
あびる
【浴びる】
- 他Ⅱ 淋浴，沖澡
- 衍 あらう【洗う】洗

例 シャワーを浴びてから、散歩に行きませんか。
沖完澡後要不要去散步呢？

0037
あぶない
【危ない】
- い形 危險的
- 反 あんぜん（な）【安全（な）】安全

例 この階段は危ないです。　這座樓梯很危險。

0038
あまい
【甘い】
- い形 甜的
- 衍 うまい【旨い】美味的（朋友間使用）

例 母が甘い果物をくれました。とてもおいしかったです。
媽媽給了我很甜的水果，非常好吃。

しょっぱい	甘い	苦い	酸っぱい	辛い
鹹的	甜的	苦的	酸的	辣的

0039 ☐ あまり 　副 不太～（後接否定）

例 父はあまりお酒を飲みません。　父親不太喝酒。

0040 ☐ あめ 【雨】 　名 雨；雨天　反 はれ【晴れ】晴天

例 雨はまだ降っていません。早く帰りましょう。

還沒下雨，我們快點回家吧。

0041 ☐ あめ 【飴】 　名 糖果　衍 ガム【gum】口香糖

例 あめを1つどうぞ。　請你吃1顆糖果。

0042 ☐ アメリカ 【America】 　名 美國　類 べいこく【米国】美國

例 去年アメリカに留学しました。　去年在美國留學。

オーストラリア	ロシア	スペイン	中国	インド
澳洲	俄羅斯	西班牙	中國	印度

0043 □
あらう
【洗う】

他Ⅰ 洗
衍 せんたく【洗濯】洗衣服

例 今朝顔を洗いませんでした。 今天早上沒有洗臉。

0044 □
ある

自Ⅰ 有；在（不會動的東西）；發生 →0075 單字
類 いる 有；在（人、動物）

例 A：私のかばんを知りませんか。 你有看到我的包包嗎？
B：机の上にありましたよ。 在書桌上喔。

例 昨日の夜、熊本で大きな地震がありました。
昨晚在熊本發生了大地震。

0045 □
あるく
【歩く】

自Ⅰ 走路，步行
衍 はしる【走る】跑／さんぽ【散歩】散步

例 私はいつも歩いて帰ります。 我經常走路回家。

0046 □
アルバイト
【（德）Arbeit】

名・自Ⅲ 打工，兼差
類 バイト【（德）Arbeit】打工

例 ラーメン屋でアルバイトしています。 在拉麵店打工。

0047 □
あれ

代 那個 →0401 單字
衍 これ 這個／それ 那個

例 A：あれは何ですか。 那個是什麼？
B：図書館です。 是圖書館。

0048 □
あんない
【案内】

名・他Ⅲ 導覽，帶路，引導

例 もし台湾に来たら、私の町を案内しますよ。
如果你來臺灣的話，我會帶你遊覽我居住的城市。

い／イ

0049 □
🔊
03
いい

い形 好的
反 わるい【悪い】壞的，不好的

例 昨日は天気がよかったです。 昨天天氣很好。

▶**文法　いい的變化**

形容詞「いい」要做變化時，必須借用另一個形容詞「よい」（意思同樣為「好的」）的活用形。

て形：よくて

現在否定：よくありません／よくないです

過去肯定：よかったです

過去否定：よくありませんでした／よくなかったです

0050
☐ いいえ・いえ

感嘆 不是，不對
反 はい 是的

例 A：もう1杯どうですか。　再來1杯如何呢？

　　B：いいえ、けっこうです。　不了，很夠了。

0051
☐ いう
【言う】

他 I 說；叫做
衍 はなす【話す】說

例 すみません。もう一度言ってください。　不好意思，請再說1次。

▶**文法　〜という　叫做〜的**

例 A：「ゼヨ」という店を知っていますか。

　　　你知道一家名叫「ゼヨ」的店嗎？

　　B：いいえ、知りません。　不，我不知道。

0052
☐ いえ
【家】

名 房子；家
類 うち【家】家

例 新しい家に引っ越します。　搬入新家。

出題重點

▶詞意辨析　いえ VS うち

「いえ」除了指生活、居住的「家」之外，也可以指具體的「房子」。

「うち」則比較偏向抽象概念的「家」，或是用來稱自己所屬的團體。

例 うちは貧乏です。　我們家很窮。

0053
□ いかが
【如何】

副 怎麼樣（詢問對方意見或問候狀況）
類 どう 如何

例 A：新しいお仕事、いかがですか。　新工作做得怎麼樣？

B：ええ、おもしろいです。　嗯，很有趣。

0054
□ いく
【行く】

自I 去
反 くる【来る】來

例 日曜日、友達のうちへ行きます。　星期日要去朋友家。

0055
□ いくつ

名・副 多少；幾歲
類 なんこ【何個】幾個／なんさい【何歳】幾歲

例 この家に部屋はいくつありますか。　這棟房子有幾間房間？
例 お子さんはおいくつですか。　您的孩子幾歲了呢？

出題重點

▶搶分關鍵　おいくつ

詢問他人年齡時，使用「おいくつですか」較為禮貌。

0056
□ いくら

名・副 多少錢

例 この帽子はいくらですか。　這頂帽子要多少錢？

0057
□ いけ
【池】

名 池子，池塘
衍 うみ【海】海

例 この池に魚はいますか。　這個池子裡有魚嗎？

0058
□

いしゃ
【医者】

名 醫生 　　　　　　　　　→ 附錄「職業」
衍 かんじゃ【患者】病人

例 あの人はお医者さんです。看護師じゃありません。

那個人是位醫生，不是護士。

出題重點

▶搶分關鍵　じゃ

「じゃ」是「では」較為口語的說法，經常出現在對話裡。

0059
□

いす
【椅子】

名 椅子 　　　　　　　　　→ 附錄「家具」
衍 つくえ【机】書桌／テーブル【table】桌子

例 どうぞ、そこの椅子に座ってください。　請坐那張椅子。

0060
□

いそがしい
【忙しい】

い形 忙碌的
反 ひま（な）【暇（な）】空閒的

例 毎日、忙しいです。母に電話をする時間がありません。

每天都很忙碌，沒有時間打電話給媽媽。

0061
□

いそぐ
【急ぐ】

自I 趕快

例 バスが出ます。急いでください。　請快一點，公車要開了。

0062
□

いたい
【痛い】

い形 痛的，疼的
衍 かゆい 癢的

例 どこが痛いですか。　哪裡會痛嗎？

0063
□

いちど
【一度】

名・副 1 次
類 いっかい【一回】1 次

例 一度、うちに帰って昼ごはんを食べてから、また戻ります。

我先回家一趟吃午餐後再回來。

0064
□

いちにち
【一日】

名・副 1 天；一整天 　　　→ 附錄「期間」
衍 ついたち【一日】（日期）1 號

例 休みはまだ一日あります。　假期還有 1 天。

0065
□
いちばん
【一番】

副・名 1 號；最〜

例 動物園に一番近い駅はどこですか。

離動物園最近的車站在哪裡呢？

0066
□
いつ

代・副 什麼時候

例 田中さんの誕生日はいつですか。

田中小姐的生日是什麼時候呢？

0067
□
いっしょ（に）
【一緒（に）】

名・副 一起；相同

反 べつべつ（に）【別々（に）】各自，分開

例 今日、一緒に帰りませんか。　今天要一起回家嗎？

0068
□
いつも

副 總是

衍 ときどき【時時】有時／よく 經常

例 私はいつも 7 時に家を出て仕事に行きます。

我都是在 7 點出門去上班。

0069
□
いぬ
【犬】

名 狗

衍 こいぬ【子犬】小狗

例 私が一番好きな動物は犬です。　我最喜歡的動物是狗。

┌─ 出題重點 ─

▶搶分關鍵　〜で一番〜　〜之中最〜的

這裡的「で」表示範圍。

例 果物で一番好きなのはリンゴです。　水果中最喜歡的是蘋果。

0070
□
いま
【今】

名・副 現在

反 むかし【昔】以前

例 兄はいま 3 3 歳です。もう結婚しています。

哥哥現在 33 歲，已經結婚了。

0071 □
いみ
【意味】

图 意思

例 この言葉の意味を教えてください。　請告訴我這個字的意思。

0072 □
いもうと
【妹】

图 妹妹　　　　　　　　　→附錄「家人」
類 いもうとさん【妹さん】（稱他人的）妹妹

例 空港まで妹が迎えに来ます。　妹妹到機場來迎接我。

0073 □
いや（な）
【嫌（な）】

な形 討厭的
類 きらい（な）【嫌い（な）】討厭的

例 さっき嫌なことがありました。　剛剛發生了一件討厭的事。

0074 □
いりぐち
【入り口】

图 入口
反 でぐち【出口】出口

例 図書館の入り口は2階にあります。　圖書館的入口在２樓。

0075 □
いる

自Ⅱ 有；在（人、動物）　　→0044 單字
類 ある 有；在（不會動的東西）

例 いすの下に犬がいます。　椅子底下有隻狗。

出題重點

▶搶分關鍵　いる VS ある

「ある」通常用於非生命和植物，「いる」用於人和動物。兩者的差別在於不會動的東西多用「ある」，會移動的多用「いる」。

例 兄の家に猫がいます。　哥哥家有貓。
例 庭にバラの木があります。　庭院裡有玫瑰。

0076 □
いる
【要る】

自Ⅰ 需要

例 富士山は寒いので、ジャケットが要ります。

富士山很冷，所以需要穿夾克。

▶**文法　ので VS から　原因**

「ので」和「から」都可以用來表示原因或理由，「ので」屬於客氣、有禮貌的說法，一般不和「です／ます」連用。（不過像店員、車站廣播就會使用「です／ます＋ので」這種更加客氣的說法。）直接使用「から」則給人任性、孩子氣的印象，所以一般前面會接「です／ます」，以增加說話的禮貌程度。

0077
□

いれる
【入れる】

他Ⅱ 放入
反 だす【出す】拿出

例 ビールを冷蔵庫に入れてください。　請將啤酒放到冰箱。

0078
□

いろ
【色】

名 顏色，色彩

例 海の色がきれいです。　海的顏色好漂亮。

出題重點

▶**搶分關鍵　顏色**

赤　紅色／青　藍色／黄色　黃色
緑　綠色／黒　黑色／白　白色

0079
□

いろいろ（な）
【色々（な）】

な形・副 各式各樣的
衍 たくさん【沢山】許多

例 学校にはいろいろな国の人がいます。
學校裡有各式各樣不同國家的人。

▶う／ウ

0080
□
🔊
04

うえ
【上】

名 上
反 した【下】下

→ 附錄「方向、位置」

例 テレビの上に家族の写真が置いてあります。
電視機上放著家人的照片。

0081 うけつけ
□ 【受付】
图 接待處，服務檯
衍 フロント【front】飯店櫃檯，接待處

例 はじめに受付に来てください。 請先來接待處。

0082 うごく
□ 【動く】
自I 動，轉動
反 とまる【止まる】停止；停留

例 パソコンが動きません。どうしたらいいですか。

電腦無法動，該怎麼辦才好呢？

0083 うしろ
□ 【後ろ】
图 後面 　　　　　　　　　→ 附錄「方向、位置」
反 まえ【前】前面　衍 よこ【横】旁邊

例 私の会社はあの高いビルの後ろです。

我的公司就在那棟高樓的後面。

0084 うすい
□ 【薄い】
い形 薄的
反 あつい【厚い】厚的

例 肉を薄く切って入れてください。 請把肉切薄放入。

0085 うた
□ 【歌】
图 歌曲
衍 かしゅ【歌手】歌手

例 あの歌手の歌を聞きたいです。 我想聽那位歌手的歌曲。

0086 うたう
□ 【歌う】
他I 唱歌
衍 おどる【踊る】跳舞

例 日本語の歌を歌いましょう。 我們來唱日文歌吧。

0087 うち
□ 【家】
图 家；家庭；房子
衍 おたく【お宅】府上／かぞく【家族】家庭

例 うちはこの近くです。遊びに来ませんか。

我家就在這附近，要過來玩嗎？

例 うちは 3 人家族です。 我家有 3 個人。

0088
☐

うまれる
【生まれる】

|自Ⅱ| 出生，誕生
|反| しぬ【死ぬ】死

例 私は東 京 で生まれました。　我在東京出生。

0089
☐

うみ
【海】

|名| 海，海洋
|衍| みずうみ【湖】湖／やま【山】山

例 海も空も青いです。　海和天空都是藍的。

0090
☐

うりば
【売り場】

|名| 賣場，販賣處

例 A：女の人の服の売り場はどこですか。　女性服飾賣場在哪裡呢？
　　B：8階でございます。　在 8 樓。

0091
☐

うる
【売る】

|他Ⅰ| 賣
|反| かう【買う】買

例 友達に車を売りました。　我把車賣給了朋友。

0092
☐

うるさい

|い形| 吵鬧的
|反| しずか（な）【静か（な）】安靜的

例 テレビの音がうるさいですから、小さくしてください。

電視聲音很吵，請轉小聲一點。

0093
☐

うわぎ
【上着】

|名| 上衣；外衣　　　　　　　　　➜ 附錄「服裝」
|類| ジャケット【jacket】夾克

例 新 幹線に上着を忘れました。　把外衣遺忘在新幹線上了。

▶え／エ

0094
☐
🔊
05

え
【絵】

|名| 圖，畫
|衍| ふで【筆】毛筆

例 ここで絵を描きませんか。　要不要在這畫圖呢？

出題重點

▶**搶分關鍵　V－ます＋ませんか　要不要～呢？**

這裡不是否定的意思，而是邀約對方一起做某件事的委婉用法。要特別注意的是，如果想跟對方確認「還沒有～嗎？」的時候，則要說「V－ませんでしたか」或「V－ていませんか」。

例 昼ごはんを食べませんでしたか。　你還沒有吃午餐嗎？（確認）

例 昼ごはんを食べませんか。　要不要一起吃午餐呢？（邀約）

0095

□ エアコン
【air conditioner】

名 空調設備，冷暖氣機　　➡附錄「電器用品」

類 クーラー【cooler】冷氣機

例 一日中エアコンをつけていました。　開了一整天的空調。

出題重點

▶**搶分關鍵　中（じゅう）VS 中（ちゅう）**

「じゅう」有範圍的概念，用來表示時間或空間上全體的意思。「ちゅう」則表示正在做某事、進行某項動作的途中。

一年中 一整年／一晩中 一整晚／世界中 全世界

準備中 準備中／仕事中 工作中／工事中 施工中

0096

□ えいが
【映画】

名 電影　　➡附錄「興趣」

衍 ホラーえいが【ホラー映画】恐怖片

例 あなたはどんな映画が好きですか。　你喜歡看哪種電影？

電影

ポップコーン
爆米花

コーラ
可樂

セット
套餐

プロジェクター
投影機；放映機

チケット
票

えいぞう
映像
影像

0097
☐ えいがかん
【映画館】

名 電影院
衍 えいが【映画】電影

例 彼と9時に映画館で会う約束をしました。

我和他約好9點在電影院碰面。

0098
☐ えいご
【英語】

名 英語
衍 フランスご【フランス語】法語

例 この子は英語も中国語も話すことができます。

這孩子能說英語跟中文。

0099
☐ えき
【駅】

名 火車站，電車站
衍 バスてい【バス停】公車站

例 次の駅で降ります。　我要在下一站下車。

0100 エスカレーター
☐ 　　【escalator】

名 手扶梯
衍 かいだん【階段】樓梯

例 疲れましたから、エスカレーターに乗ります。

因為很累了，所以搭手扶梯。

0101 エレベーター
□ 【elevator】

名 電梯
衍 エスカレーター 【escalator】手扶梯

例 危ないですから、このエレベーターに乗らないでください。

因為很危險，所以請不要搭乘這臺電梯。

0102 ～えん
□ 【～円】

接尾 日圓
衍 げん【元】元／せん【千】千／まん【万】萬

例 A：それはいくらですか。　那個要多少錢？
　　B：1 3 6 2円です。　1362日圓。

┌─ 出題重點 ─────────────────────────────┐

▶搶分關鍵　いくら　多少錢
詢問價錢時用「いくら」，不作「なんえん（何円）」。

0103 えんぴつ
□ 【鉛筆】

名 鉛筆　　　　　　　　　　　→ 附錄「文具」
衍 ペン【pen】筆

例 A：鉛筆で書いてもいいですか。　可以用鉛筆寫嗎？
　　B：いいえ、ボールペンでお願いします。　不，請用原子筆。

┌─ 出題重點 ─────────────────────────────┐

▶文法　で　方法或手段
例 祖母はラジオで古い音楽を聴きます。　祖母用收音機聽老音樂。

▌お／オ

0104 お～
□ 【御～】
◁
06

接頭 表尊敬；增添客氣或優雅
類 ご～【御～】表尊敬

例 弟はお茶を飲みながら、勉強しています。

弟弟一邊喝茶一邊讀書。

▶**文法　お和ご（御）**

在名詞、形容詞前面接上「お」或「ご」時，會使該詞語聽起來更有禮貌，兩者差別在於「お」後面經常接和語，「ご」則接漢語。和語指的是日語固有字彙，讀音和中文差很多，漢語則是從中國傳入日本的字彙，因此讀音上和中文有些類似。此外，還要注意的一點是外來語前面不接「お」或「ご」。

| お＋和語 | お名前　您的大名／お菓子　糕點 |

ご＋漢語　ご注文　點餐／ご家族　家人

お跟ご都可用的詞彙　お返事・ご返事　回應

例外　お散歩／お食事

0105 □

おいしい
【美味しい】

い形 美味的，好吃的
類 うまい【旨い】好吃的　反 まずい 難吃的

例 この果物は甘くておいしいです。　這個水果甜甜的很好吃。

0106 □

おおい
【多い】

い形 多的
反 すくない 少的　衍 たくさん【沢山】許多

例 秋は雨が多いです。　秋天多雨。

出題重點

▶**文法　多くのN　很多的～**

い形容詞直接修飾名詞時，一般是接在該名詞前面（例如「小さいかばん」）。但是某些特別的い形容詞，像「多い」、「遠い」和「近い」等等，得將い形容詞的語尾去「い」變「く」，和欲修飾名詞之間要再加上助詞「の」。

（○）森の中に多くの動物がいます。　森林裡有很多動物。
（×）森の中に多い動物がいます。

0107
おおきい
【大きい】

い形 大的
類 おおきな【大きな】大的

例 彼女は大きいかばんを持っています。　她拿著大包包。

0108
おおぜい
【大勢】

名・副 眾多人，大群人
類 たくさん【沢山】許多

例 日本語を勉強している外国人がおおぜいいます。

有很多學日文的外國人。

0109
おかあさん
【お母さん】

名 母親　　→ 附錄「家人」
衍 おとうさん【お父さん】父親

例 お母さん、このお土産、買ってもいい？

媽媽，可以買這個伴手禮嗎？

在家裡稱呼自己的家人

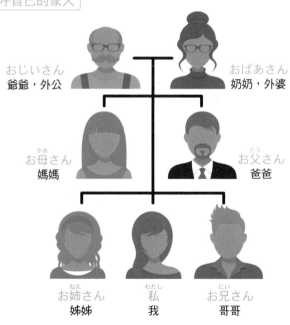

0110 □ おかし
【お菓子】

名 糕點，點心
衍 クッキー【cookie】餅乾

例 このお菓子はお父さんのだから、食べないでね。
這點心是爸爸的，別吃掉了喔！

甜點

アイスクリーム
冰淇淋

パイ
派

ゼリー
果凍

ケーキ
蛋糕

パンケーキ
鬆餅

0111 □ おかね
【お金】

名 錢
衍 おかねもち【お金持ち】有錢人

例 妻はいつもお金がほしいと言います。　妻子總是說著想要錢。

0112 □ おきる
【起きる】

自II 起床
反 ねる【寝る】睡覺

例 私はいつも朝6時に起きます。　我都是在早上6點起床。

0113 □ おく
【置く】

他I 放，放置

例 荷物はここに置いてください。　請把行李放這裡。

0114
□ おくさん
【奥さん】

名（稱他人的）太太，夫人
類 つま【妻】（稱自己的）太太，妻子

例 奥さん、今日の魚は安いよ。

太太（稱呼年長女性），今天的魚很便宜喔！

0115
□ おくる
【送る】

他Ⅰ 送行；寄送
反 むかえる【迎える】迎接

例 夜遅いですから、駅まで送りますよ。

因為已經很晚了，我送你到車站吧。

0116
□ おこる
【怒る】

自Ⅰ 生氣，發怒

例 なぜ先生はそんなに怒っていますか。　老師為何那麼生氣呢？

0117
□ おじ

名（稱自己的）叔叔，伯伯，舅舅
類 おじさん【伯父さん】叔叔，伯伯，舅舅

例 おじはホテルで仕事をしています。　叔叔在飯店工作。

出題重點

▶搶分關鍵　おじさん

「おじさん」可以指具有血緣關係的叔叔、伯伯、舅舅等男性親戚，漢字寫作「伯父さん」或「叔父さん」。此外，還可以用來指無親屬關係的中年男性，漢字寫作「小父さん」。

0118
□ おじいさん

名 祖父，外祖父；老先生　　→附錄「家人」
類 そふ【祖父】（稱自己的）祖父

例 あなたのおじいさんはおいくつですか。　您的祖父幾歲了呢？

0119
□ おしえる
【教える】

他Ⅱ 教；告訴

例 スミスさんは日本で英語を教えています。　史密斯先生在日本教英文。

0120
☐ おす
【押す】
他I 按；壓；推
反 ひく【引く】拉

例 そこのボタンを押してください。　請按下那邊的按鈕。

0121
☐ おそい
【遅い】
い形 晚的；慢的
反 はやい【早い】早的／はやい【速い】快的

例 もう遅いですから、帰ります。　已經很晚了，我要回家了。

0122
☐ おちゃ
【お茶】
名 茶
衍 こうちゃ【紅茶】紅茶

例 お茶をどうぞ。　請喝茶。

0123
☐ おつり
【お釣り】
名 零錢

例 お釣りは要りません。　不用找錢了。（計程車上的對話）

0124
☐ おてあらい
【お手洗い】
名 洗手間，盥洗室
類 トイレ【toilet】廁所，洗手間

例 すみません、お手洗いはどこですか。　不好意思，請問洗手間在哪？

0125
☐ おと
【音】
名 聲音
類 こえ【声】聲音

例 私は雨の音が好きです。　我喜歡雨聲。

0126
☐ おとうさん
【お父さん】
名 父親　　　　　　　　　　→附錄「家人」
類 ちち【父】父親／ちちおや【父親】父親

例 お父さん、一緒に遊んで。　爸爸，跟我一起玩啦！

┌─ 出題重點 ─

▶**詞意辨析　父 VS お父さん**

對他人稱自己的父親用「ちち」來表示，對家人稱父親或稱別人的父親時用「お父さん」。

例 新ちゃんのお父さんはお元気ですか。　小新的爸爸近來可好？

0127
おとうと
【弟】

名 弟弟 → 附錄「家人」
類 おとうとさん【弟さん】（稱他人的）弟弟

例 弟と一緒に帰ります。　和弟弟一起回家。

0128
おとこのこ
【男の子】

名 男孩
衍 おとこのひと【男の人】男人

例 男の子はゲームが好きです。　男孩子喜歡打電動。

0129
おとす
【落とす】

他I 弄丟
衍 おちる【落ちる】掉落

例 私は昨日財布を落としました。鍵もなくしました。

我昨天弄丟了錢包，鑰匙也不見了。

0130
おととい
【一昨日】

名・副 前天 → 附錄「時間副詞」
反 あさって【明後日】後天

例 おとといの誕生日パーティーは楽しかったです。

前天的慶生派對玩得真開心。

0131
おとな
【大人】

名 大人，成年人
反 こども【子供】小孩

例 A：東京までの切符はいくらですか。　到東京的車票要多少錢？
　 B：大人は２５０円で、子供は１３０円です。

大人 250 日圓，小孩 130 日圓。

大人・小孩

子供
小孩

大人
大人

47

0132
おどる
【踊る】

[他I] 跳舞

[衍] おどり【踊り】舞蹈／ダンス【dance】跳舞

[例] みんなで一緒にダンスを踊りましょう。　大家一起跳舞吧！

0133
おなか
【お腹】

[名] 肚子　　　　　　　　　　　　　→ 附錄「身體」

[類] はら【腹】肚子

[例] お腹が痛くて、何も食べませんでした。

因為肚子很痛，所以什麼都沒有吃。

0134
おなじ
【同じ】

[な形] 相同，一樣

07

[例] あれと同じものをください。　請給我和那個一樣的東西。

┌─ 出題重點 ─────────────────────────

▶**固定用法　同じ**

「同じ」是特殊形容詞，修飾時直接接名詞。

└──────────────────────────────────

0135
おにいさん
【お兄さん】

[名] 哥哥　　　　　　　　　　　　　→ 附錄「家人」

[類] あに【兄】（稱自己的）哥哥

[例] A：兄です。お兄さん、友達の王さんです。

這是我哥。哥，這是我朋友，王同學。

B：お兄さんですか。初めまして。　是你哥哥啊，初次見面你好。

0136
おにぎり

[名] 飯糰

[衍] すし【寿司】壽司

[例] サンドイッチより、おにぎりを食べたいです。

比起三明治，我比較想吃飯糰。

┌─ 出題重點 ─────────────────────────

▶**文法　AはBより〜　A比B〜**

[例] アメリカはブラジルより大きいですか。　美國國土比巴西大嗎？

▶**文法　AよりBのほうが　比起A，B更〜**

[例] 牛より馬のほうが速いです。　比起牛，馬跑得快多了。

└──────────────────────────────────

0137 おねえさん
【お姉さん】

名 姉姉
→ 附錄「家人」
類 あね【姉】（稱自己的）姉姉

例 お姉さんは今、どこに住んでいますか。　姉姉現在住在哪裡呢？

0138 おねがいする
【お願いする】

他Ⅲ 拜託
類 たのむ【頼む】拜託

例 A：私が掃除しましょうか。　我來打掃吧。
　　B：ええ、お願いします。　好的，那拜託你了。

┌─ 出題重點 ─────────────────────────────

▶搶分關鍵　人名＋（を）おねがいします。　請找～聽（電話用語）
例 すみません、杉山さんをお願いします。

　　不好意思，麻煩請杉山先生聽電話。

└────────────────────────────────────

0139 おば

名 阿姨
類 おばさん【伯母さん】阿姨

例 おばはいつも優しくてにこにこしています。

　　阿姨總是笑笑的很溫柔。

┌─ 出題重點 ─────────────────────────────

▶搶分關鍵　おばさん
和先前介紹過的「おじさん」類似，「おばさん」可指具有血緣關係的女
性親戚，或無親屬關係的中年女性，後者的漢字寫作「小母さん」。

└────────────────────────────────────

0140 おばあさん

名 祖母，外祖母；老太太
→ 附錄「家人」
謙 そぼ【祖母】（稱自己的）祖母

例 隣のおばあさんとうちの祖父は仲がいいです。

　　隔壁的老太太和我們家的爺爺關係很要好。

0141 おべんとう
【お弁当】

名 便當
→ 附錄「食物」

例 兄が作ったお弁当はあまりおいしくなかったです。

　　哥哥做的便當不太好吃。

0142 ☐
おぼえる
【覚える】

他Ⅱ 記得，記住
反 わすれる【忘れる】忘記

例 昨日行った店の名前を覚えていません。

我不記得昨天去過商店的名字。

0143 ☐
おまつり
【お祭り】

名 節慶，慶典，祭典；廟會
衍 ぎおんまつり【祇園祭】（京都）祇園祭

例 日本で一番有名なお祭りは何ですか。

日本最有名的祭典是什麼呢？

0144 ☐
おまわりさん
【お巡りさん】

名 警察先生
類 けいかん【警官】警察

例 道が分からないとき、お巡りさんに聞いてください。

不知道路的時候，請去詢問警察先生。

0145 ☐
おみやげ
【お土産】

名 伴手禮，土產
衍 プレゼント【present】禮物

例 お土産をたくさん買いましたか。　你買了很多的伴手禮嗎？

0146 ☐
おもい
【重い】

い形 重的
反 かるい【軽い】輕的

例 夫は重くて大きい荷物を２つ持っています。

我先生拿著２個又重又大的行李。

輕重

おも
重い
重的

かる
軽い
輕的

0147 おもう
【思う】
　他I 認為，覺得，想
　衍 かんがえる【考える】思考，想

例 A：日本はどうですか。　你覺得日本如何？
　B：きれいだと思います。　我覺得很乾淨。

0148 おもしろい
【面白い】
　い形 有趣的，有意思的
　反 つまらない 無趣的

例 この絵本はおもしろくないです。　這本繪本不有趣。

0149 およぐ
【泳ぐ】
　自I 游泳
　衍 すいえい【水泳】游泳

例 きれいな海で泳ぎたいです。　想在乾淨的海裡游泳。

出題重點

▶**文法　V－ます＋たい　想～**

表第一人稱的願望，或是詢問他人意願。除非是疑問句或修飾句，否則此文法只能用於第一人稱。

例 今ロックを聞きたいです。　我現在想聽搖滾樂。

（×）彼は今寝たいです。　他現在想睡覺。

（○）あなたは今寝たいですか。　你現在想睡覺嗎？

（○）彼は今寝たいみたいです。　他現在好像想睡覺。

0150 おりる
【降りる】
　自II 下（交通工具）
　反 のる【乗る】搭乘

例 駅前でバスを降ります。　在車站前下公車。

出題重點

▶**文法　場所＋を**

場所名詞加上助詞「を」，如果後面接「降りる」或「出る」等動詞，此時的「を」表示動作離開的場所，例如上文的下公車，以及「家を出ます」（離開家）。如果接「渡る」、「散步する」或「飛ぶ」等具有移動性質的動詞，此時的「を」則表示經過、通過的場所，例如「公園を散步します」（在公園散步）。

0151
□

おりる
【下りる】

自Ⅱ 下（樓梯等）
反 あがる【上がる】上

例 エレベーターで上がって、階段を歩いて下ります。

坐電梯上去，走樓梯下來。

0152
□

おろす
【下ろす】

他Ⅰ 降下；領（錢）
反 あげる【上げる】上升

例 木曜日に銀行に行ってお金をおろしました。　星期四去銀行領了錢。

┌─ 出題重點 ─────────────────────────

▶固定用法　お金をおろす　領錢

除了「お金をおろす」之外，也可以說「お金を引き出す（ひきだす）」。
└────────────────────────────────

0153
□

おわる
【終わる】

自Ⅰ 結束
反 はじまる【始まる】開始

例 もう仕事は終わりましたか。　工作已經結束了嗎？

0154
□

おんがく
【音楽】

名 音樂
衍 ポップス【pops】流行樂

例 A：高橋さんはどんな音楽が好きですか。

　　高橋先生喜歡什麼類型的音樂呢？
　　B：私はロックが好きです。　我喜歡搖滾樂。

0155
□

おんなのこ
【女の子】

名 女孩
衍 おんなのひと【女の人】女人

例 あの青いスカートをはいている女の子は妹です。

那個穿著藍色裙子的女孩是我的妹妹。

▶か／カ

0156
□
🔊
08
カード
【card】

名 卡片；信用卡
衍 クレジットカード【credit card】信用卡

例 この店でカードは使うことができますか。　這家店可以刷卡嗎？

0157
□
〜かい
【〜階】

接尾 〜樓
衍 かいだん【階段】樓梯／かい【〜回】次

例 おもちゃ売り場は何階ですか。　玩具賣場在幾樓呢？

0158
□
かいぎ
【会議】

名 會議
類 ミーティング【meeting】會議

例 午後の会議は何時からですか。　下午的會議是從幾點開始呢？

0159
□
がいこくじん
【外国人】

名 外國人

例 この大学は外国人の留学生が多いです。

這所大學有很多外國留學生。

0160
□
かいしゃ
【会社】

名 公司
衍 かいしゃいん【会社員】上班族

例 昨日は会社が休みでした。　昨天公司放假。

0161
□
かいだん
【階段】

名 階梯，樓梯
衍 エスカレーター【escalator】手扶梯

例 その階段を上って、右に曲がってください。ケータイ屋さんはそこにあ
ります。

上了那個階梯後請向右轉。手機行就在那裡。

0162
□
かいもの
【買い物】

名・自Ⅲ 買東西

例 昨日おばさんと一緒に買い物に行きました。とても楽しかったです。
昨天和伯母一起去買東西很開心。

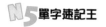

▶文法　V―ます＋に行く　去做某事

動詞ます形去「ます」，或是名詞後加助詞「に」表示移動目的。

例 自転車で買い物に行きます。　騎腳踏車去買東西。

例 あさって野球を見に行きませんか。　後天要不要一起去看棒球？

0163 かう
【買う】

他Ⅰ 買
反 うる【売る】賣

例 友達はドラッグストアに薬を買いに行きました。

朋友到藥妝店去買藥了。

買賣

買う　　　　　　　　　売る
買　　　　　　　　　　賣

0164 かう
【飼う】

他Ⅰ 飼養

例 彼は鳥を飼ったことがあります。　他養過小鳥。

0165 かえす
【返す】

他Ⅰ 還；放回
反 かりる【借りる】借　衍 かえる【返る】歸還

例 これは図書館の本です。あした返します。

這是圖書館的書，明天要拿去還。

0166 かえる
【帰る】

自Ⅰ 回去；回家
反 でかける【出かける】出門

例 電車はもうないですから、タクシーで帰ります。

已經沒有電車了，所以坐計程車回家。

0167
□
かお
【顔】

名 臉
衍 め【目】眼睛／はな【鼻】鼻子

例 朝起きたら、まず顔を洗いなさい。　早上起床請先去洗臉。

▶**文法辨析　V—ます＋なさい VS 動詞命令形**

動詞ます形去「ます」接「なさい」的形式常用於父母對孩子、老師對學生下達指令或命令的時候，動詞命令形則用在強硬的命令或強烈譴責時，且多為男性使用，不過現今年輕女性之間也有使用的趨勢。

例 帰れ（給我回去）／座れ（給我坐下）

器官

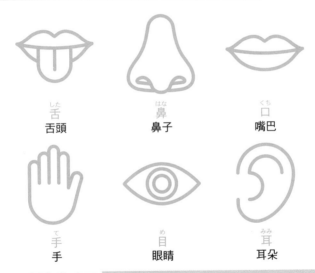

した	はな	くち
舌	鼻	口
舌頭	鼻子	嘴巴

て	め	みみ
手	目	耳
手	眼睛	耳朵

0168
□
かかる

自I 花費（時間、金錢）；懸掛
衍 かける【掛ける】掛

例 うちから会社まで４０分ぐらいかかります。

　　從我家到公司要花 40 分鐘左右。

0169
□
かぎ
【鍵】

名 鑰匙

例 出かける前に鍵をかけてください。　出門前請鎖門。

0170 □ かく
【書く】
他I 寫，書寫
衍 かく【描く】畫／よむ【読む】讀

例 ここに電話番号とお名前を書いてください。

請在這裡寫下電話號碼跟姓名。

0171 □ かく
【描く】
他I 畫

例 ノートにきれいな花の絵を描きました。

在筆記本上畫了美麗花朵的畫。

0172 □ がくせい
【学生】
名 學生（大專院校）
類 せいと【生徒】學生（國小到高中）

例 東京大学の学生と友達になりました。

和東京大學的學生成了朋友。

0173 □ ～かげつ
【～か月】
接尾 ～個月
→ 附錄「期間」

例 私は2～3か月に1回映画を見に行きます。

我每2～3個月去看1次電影。

0174 □ かける
他II 花費（時間、金錢）

例 毎日30分から1時間かけて宿題をします。

每天花30分鐘到1小時寫功課。

0175 □ かける
【掛ける】
他II 打電話；掛；戴（眼鏡）

例 昨日の夜、家に電話をかけました。　我昨天晚上給家裡打了通電話。
例 あのメガネをかけている人は誰ですか。　那個戴眼鏡的人是誰呢？

0176 □ かさ
【傘】
名 傘
衍 レインコート【raincoat】雨衣

例 傘を差して自転車に乗らないでください。　請不要撐傘騎腳踏車。

▶文法　て

助詞「て」除了表示動作順序之外，也可以用來表示附加狀況（如上述例句）、較微弱的因果關係或方法。

例 靴をはいて部屋に入りました。　穿著鞋子進入房間。（附加狀況）

例 大学生になって忙しくなりました。

　　成為大學生變得忙碌起來。（因果）

例 レシピを見て料理を作りました。　看著食譜做菜。（方法）

0177
□
かす
【貸す】

他I 借出
反 かりる【借りる】借入

例 この本、おもしろいですよ。貸しましょうか。

　　這本書很有趣喔，要不要我借你？

▶詞意辨析　貸す VS 借りる

「貸す」是借出，「借りる」則是借入的意思。對母語為中文的學習者來說，這兩個字非常容易搞混，使用上要特別注意動作主詞的擺放位置。

例 私は林さんにお金を貸します。　我借錢給林先生。

例 林さんは私にお金を借ります。　林先生向我借錢。

私は王さんにお金を借りる。
＝王さんは私にお金を貸す。

私は林さんにお金を貸す。
＝林さんは私にお金を借りる。

王さん　　　　　　　林さん

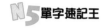

0178
かぜ
【風】

名 風
衛 あめ【雨】雨

例 台風がきたので、強い風が吹いています。

因為颱風的到來而颳起強風。

0179
かぜ
【風邪】

名 感冒
衛 せきがでる【咳が出る】咳嗽

例 風邪を引いたので学校を休みます。　因為感冒了，所以請假沒去學校。

出題重點

▸**固定用法　学校を休む　請假不去上學**

如果是校方主動放假的話，則說「学校が休みになる」。

0180
かぞく
【家族】

名 家人

例 A：ご家族は何人いますか。　你家有幾個人？
　　B：うちは３人家族です。　我家有３個人。

0181
〜かた
【〜方】

接尾 〜的方法
衛 よみかた【読み方】唸法；讀法

例 おいしいパンの作り方を教えてください。　請教我美味麵包的做法。

0182
かたかな・カタカナ
【片仮名】

名 片假名
衛 ひらがな【平仮名】平假名

例 エレンはカタカナしか書くことができません。

艾倫除了片假名以外都不會寫。（只會寫片假名）

出題重點

▸**文法　しか＋否定 VS だけ**

「しか」後面接動詞ない形（否定形），中文可譯為「除了〜之外，別無

其他」，帶有不足、不充分的語氣。「だけ」則單純表示「只有」之意。

兩者語感雖不完全相同，大致上可互換。

例 英語しか話しません。　除了英文以外，其他語言都不會說。
例 英語だけ話します。　只說英文。

0183 □
〜がつ
【〜月】

接尾 〜月

→ 附錄「月份」

例 私の誕生日は2月14日です。　我的生日是2月14日。

0184 □
がっこう
【学校】

名 學校

例 じゃ、また明日、学校で会いましょう。　那麼就明天學校見！

0185 □
かど
【角】

名 轉角；角

例 その角を左に曲がると駅が見えます。

在那個轉角往左轉的話就會看到車站。

0186 □
🔊 09
かのじょ
【彼女】

代・名 （第三人稱）她；女朋友

衍 かれ【彼】（第三人稱）他；男朋友

例 彼女は優しくて親切です。　她既溫柔又親切。

0187 □
かばん
【鞄】

名 皮包；公事包

衍 リュック【（德）rucksack】後背包

例 このかばんはいくらですか。　這個包包要多少錢呢？

0188 □
かぶる
【被る】

他I 戴（帽子等）

衍 かける 戴（眼鏡）／はく 穿（鞋子）

例 彼女は今日、帽子をかぶっています。　她今天戴著帽子。

0189 □
かみ
【紙】

名 紙

衍 ノート【note】筆記／メモ【memo】備忘錄

例 トイレに紙がありませんでした。　廁所裡沒有紙了。

0190 □
かみ
【髪】

名 頭髪

類 かみのけ【髪の毛】頭髪

例 最近、暑いですから、髪を切りたいです。

最近天氣很熱，所以想剪頭髮。

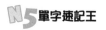

0191 □
カメラ
【camera】
名 相機
衍 しゃしん【写真】照片

例 このカメラで 私たちを 撮ってくれませんか。
可以用這臺相機幫我們拍照嗎？

0192 □
かよう
【通う】
自I 往返（上課或去醫院等）
衍 つうがく【通学】上學

例 学生のとき、車 で大学に 通っていました。
學生時期，我是開車去大學上課的。

0193 □
かようび
【火曜日】
名・副 星期二 → 附錄「星期」
衍 ようび【曜日】星期

例 先 週 の火曜日は何もしませんでした。 上個星期二什麼事都沒做。

0194 □
からい
【辛い】
い形 辣的
衍 あまい【甘い】甜的／しょっぱい 鹹的

例 私は辛いものが好きです。 我喜歡吃辣。

0195 □
からだ
【体】
名 身體
反 こころ【心】內心

例 彼は 体 が大きいですから、たくさん 食べます。
他因為體型高大，所以吃很多。

出題重點

▶搶分關鍵 体にいい 對身體好的

對身體不好的則說「体に悪い（わるい）」。助詞「に」前面可替換成其
他身體部位，例如眼睛、腦等等。

0196 □
かりる
【借りる】
他II 借入
反 かす【貸す】借出／かえす【返す】歸還

例 友達に借りたお金を返しました。 還朋友之前借的錢。

0197 かるい
□ 【軽い】

い形 輕的
反 おもい【重い】重的

例 この辞書は厚いですが、軽いです。　這本字典雖然厚，卻很輕。

0198 かれ
□ 【彼】

代・名 （第三人稱）他；男朋友
類 かれし【彼氏】男朋友；他

例 彼は中国人ではなくて、韓国人です。

他並非中國人，而是韓國人。

0199 カレンダー
□ 【calendar】

名 日曆，月曆

例 来年のカレンダーを机の上に置きました。　把明年的月曆擺在桌上。

0200 かわ
□ 【川・河】

名 河川
衍 やま【山】山／うみ【海】海

例 子供のとき、川で遊んだり、山に登ったりしました。

還小的時候，有時在河川那玩，有時又跑去爬山。

0201 ～がわ
□ 【～側】

接尾 ～邊；～側
衍 みぎがわ【右側】右側

例 日本で車は左側を走ります。　在日本，車子行駛於左側。

0202 かわいい
□ 【可愛い】

い形 可愛的

例 見て、あの犬、かわいい。　你看那隻狗，好可愛。

0203 かわく
□ 【渇く】

自I 口渴

例 1時間ぐらい運動したので、喉が渇きました。

運動了1個多小時，所以口很渴。

0204 かんがえる
□ 【考える】

他II 思考，想
衍 おもう【思う】想

例 いくら考えても分かりません。　再怎麼想還是不懂。

▶文法　いくら V－ても　無論～也～

用來強調程度，中文可譯成「無論怎樣、再怎樣也～」。

例 <u>いくら</u>練_{れんしゅう}習しても上_{じょうず}手になりません。

不管如何練習都無法變得拿手。

0205
□
かんじ
【漢字】

图 漢字
衍 ローマじ【ローマ字】羅馬字

例 この漢_{かん}字_じの読_よみ方_{かた}がわかりません。　我不知道這個漢字的唸法。

0206
□
かんたん（な）
【簡単（な）】

な形 簡單的
類 やさしい【易しい】簡單的

例 きのうのテストはけっこう簡_{かんたん}単でした。　昨天的考試還蠻簡單的。

0207
□
がんばる
【頑張る】

自I 努力，加油
反 あきらめる【諦める】放棄

例 今_{きょう}日もがんばります。　今天也要努力。

▌き／キ

0208
□
🔊
10
き
【木】

图 樹木；木頭

例 あの木_きの上_{うえ}に猫_{ねこ}がいます。　那棵樹上有隻貓。

0209
□
きいろい
【黄色い】

い形 黃色的
衍 きいろ【黄色】黃色

例 母_{はは}の誕_{たんじょうび}生日に黄_{きいろ}色い花_{はな}をあげます。　媽媽生日時給了她黃色的花。

0210
□
きえる
【消える】

自II 消失；熄滅
衍 けす【消す】熄滅；關（電源）

例 部_{へや}屋の電_{でんき}気が急_{きゅう}に消_きえました。　房間的燈突然熄了。

0211
□ <u>きく</u>
【聞く】
他I 聽；詢問
衍 きこえる【聞こえる】聽得見

例 クラシックはあまり聞きません。　我不太聽古典樂。
例 山田さん、ちょっと聞きたいことがあります。
山田先生，我有點事想問你。

0212
□ <u>きた</u>
【北】
名 北，北方　　　　　　　　➜ 附錄「方向、位置」
衍 ひがし【東】東／にし【西】西

例 奈良の北に京都があります。　奈良的北方是京都。

0213
□ <u>ギター</u>
【guitar】
名 吉他
衍 ピアノ【piano】鋼琴

例 弟はギターを弾きながら歌います。　弟弟一邊彈吉他一邊唱歌。

0214
□ <u>きたない</u>
【汚い】
い形 髒的
反 きれい（な）乾淨的　衍 よごす【汚す】弄髒

例 1階のトイレは汚いですから、2階に行きます。
1樓的廁所很髒，所以去2樓。

0215
□ <u>きっさてん</u>
【喫茶店】
名 咖啡店
類 カフェ【café】咖啡店

例 彼女はよく喫茶店でコーヒーを飲んだり、本を読んだりします。
她經常在咖啡店裡喝咖啡、看書。

出題重點

▶文法辨析　たり〜たりする VS ながら
「〜たり〜たりする」用來列舉兩個以上的動作，並且暗示還有其他動作。
「ながら」則表示兩個動作同時進行，而且後面的動詞是主要動作。意思
為「一邊〜一邊〜」。

0216
□ <u>きって</u>
【切手】
名 郵票
衍 てがみ【手紙】信／ふうとう【封筒】信封

例 100円の切手を2枚ください。　請給我2張100日圓的郵票。

0217
□ きっぷ
【切符】

名 車票；電影票；入場券
類 チケット【ticket】票

例 すみません。地下鉄の中で切符をなくしました。

不好意思，我在地鐵把車票弄丟了。

0218
□ きのう
【昨日】

名・副 昨天 → 附錄「時間副詞」
衍 あした【明日】明天

例 昨日の昨日はおとといです。 昨天的昨天是前天。

0219
□ ぎゅうにく
【牛肉】

名 牛肉
衍 ぶたにく【豚肉】豬肉

例 今夜は牛肉ですき焼きを作りましょう。 今晚用牛肉來煮壽喜燒吧。

出題重點

▶文法 で 用～做～

助詞「で」前面接製作東西的材料，表示用某樣東西做某物。

例 木で机を作りました。 用木頭做了桌子。

0220
□ ぎゅうにゅう
【牛乳】

名 牛奶，鮮乳
類 ミルク【milk】牛奶

例 毎朝、牛乳を飲みます。 每天早上都會喝牛奶。

0221
□ きょう
【今日】

名・副 今天 → 附錄「時間副詞」
衍 あした【明日】明天／きのう【昨日】昨天

例 デートは今日じゃありません。明日の7時です。

約會不是今天，是明天的7點。

0222
□ きょうしつ
【教室】

名 教室；才藝補習班
衍 きょうかしょ【教科書】課本

例 今、先生は教室にいますか。 老師現在在教室裡嗎？

教室

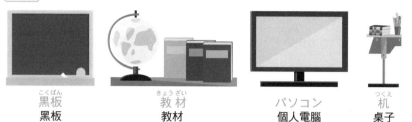

黒板(こくばん)	教材(きょうざい)	パソコン	机(つくえ)
黑板	教材	個人電腦	桌子

0223
☐

きょうだい
【兄弟・兄妹・姉弟】

名 兄弟姊妹
衍 いとこ 表堂兄弟姊妹

例 あなたは兄弟(きょうだい)が何人(なんにん)いますか。　你有幾個兄弟姊妹？

0224
☐

きょねん
【去年】

名・副 去年　　　　　　→ 附錄「時間副詞」
衍 ことし【今年】今年

例 去年(きょねん)は大変(たいへん)な1年(いちねん)でした。　去年是很辛苦的1年。

0225
☐

きらい（な）
【嫌い（な）】

な形 不喜歡，討厭的
反 すき（な）【好き（な）】喜歡

例 私(わたし)は野菜(やさい)が嫌(きら)いです。　我不喜歡蔬菜。

出題重點

▶詞意辨析　きらい VS いや

「きらい」指恆常性的厭惡，例如向來就討厭某事物。「いや」則是不情
願、限定在某種狀況下的不喜歡，而且「いや」還帶有拒絕的語感。

例 あの人(ひと)が嫌(きら)いです。　我討厭那個人。
例 A：一緒(いっしょ)に行(い)きましょうよ。　我們一起去嘛！
　　B：嫌(いや)です。　我才不要。

0226
☐

きる
【切る】

他I 切，割；砍；剪

例 ハサミで紙(かみ)を切(き)ります。　用剪刀剪紙。

0227 きる
【着る】
他Ⅱ 穿（衣服）
反 ぬぐ【脱ぐ】脱　衍 はく 穿
例 彼はいつも白いシャツを着ています。　他總是穿白襯衫。

0228 きれい（な）
【綺麗（な）】
な形 漂亮的；乾淨的
反 きたない【汚い】髒的
例 Ａ：今日の服はきれいですね。　今天的服裝很漂亮呢。
　　Ｂ：ありがとうございます。　謝謝。

0229 ～キロ
【（法）kilogramme】
接尾 公斤
例 重いですね。このスーツケースは何キロぐらいですか。
　　好重喔！這個行李箱大概有幾公斤重呢？

0230 ぎんこう
【銀行】
名 銀行
例 銀行は午後 3 時まで開いています。　銀行開到下午 3 點。

0231 きんようび
【金曜日】
名・副 星期五　　　　　　　　→附錄「星期」
例 来週の金曜日、一緒に映画を見に行きませんか。
　　下星期五要不要一起去看電影呢？

く／ク

0232 くうこう
【空港】
名 機場
衍 ひこうき【飛行機】飛機
11
例 空港までバスで行きますか。電車で行きますか。
　　要搭公車還是電車去機場呢？

0233 くすり
【薬】
名 藥
衍 かぜぐすり【風邪薬】感冒藥
例 ご飯を食べる前に薬を飲みます。　吃飯前先吃藥。

出題重點

▶**固定用法　薬を飲む　吃藥**

日文裡描述「吃藥」所用的動詞為「飲む」，臺灣人容易受中文影響而誤用成「食べる」。

（○）薬を飲む。　吃藥。

（×）薬を食べる。　（日文不存在此說法。）

中文和日文裡的吃喝兩動作有時相同，有時有使用上的差異。

例 スープを飲む。　喝湯。

例 お粥を食べる。　喝／吃粥。

0234
□

くだもの
【果物】

| 名 水果 |
| 衍 やさい【野菜】蔬菜／りんご【林檎】蘋果 |

例 果物は洗ってから食べてください。　請清洗水果後再食用。

0235
□

くち
【口】

| 名 嘴巴；（容器）開口處 | ➜附錄「身體」 |
| 衍 め【目】眼睛／はな【鼻】鼻子 | |

例 あーん、口を開けて。　啊～，請張開嘴巴。

0236
□

くつ
【靴】

| 名 鞋子 | ➜附錄「服飾配件」 |
| 衍 くつした【靴下】襪子 | |

例 靴をはかない子供が昔は多かったです。　以前有很多不穿鞋的孩子。

鞋子

ハイヒール
高跟鞋

革靴
皮鞋

サンダル
涼鞋

スニーカー
運動鞋

0237
くつした
【靴下】

名 襪子　　　　　　　　　　　　　→ 附錄「服飾配件」
衍 はく【履く】穿（襪子、鞋子等）

例 靴下を脱いだら、洗濯機に入れてください。

如果已經把襪子脫下來的話，請丟進洗衣機裡。

0238
くに
【国】

名 國家；家鄉

例 A：お国はどちらですか。　你來自哪個國家呢？

　B：アメリカです。　我來自美國。

0239
くもり
【曇り】

名 陰天
衍 はれ【晴れ】晴天

例 午後の天気は曇りから晴れに変わりました。

下午的天氣從陰天轉晴了。

0240
くらい
【暗い】

い形 昏暗的
反 あかるい【明るい】明亮的

例 この部屋、ちょっと暗くないですか。電気をつけましょうか。

這間房間是不是有點暗？要不要打開電燈呢？

```
出題重點
```

▶搶分關鍵　ちょっと VS ちょうど

「ちょっと」指的是時間上的一下，或是數量、程度上的一點點，也可以
用來委婉拒絕他人。「ちょうど」則是正好、剛好的意思。

例 ちょっと待ってください。　請等一下！

例 ちょうどいい。　剛剛好。

0241
～くらい・～ぐらい

助 ～左右

例 ３０分ぐらい待っていましたが、バスは来ませんでした。

等了30分鐘左右，但公車都沒有來。

▶**文法　くらい／ぐらい　〜左右**

以前名詞後面多接濁音的「ぐらい」，不過現已混用。

0242
☐ **クラス**
【class】

名 班級
衍 クラスメート【classmate】同班同學

例 私と彼はクラスが違います。　我跟他是不同班級的。

0243
☐ **〜グラム**
【(法)gramme】

接尾 公克
衍 〜キロ【(法) kilogramme】公斤

例 このお茶は３０グラムで3000元です。

這茶 30 公克就要臺幣 3000 元。

0244
☐ **くる**
【来る】

自Ⅲ 來
反 いく【行く】去　衍 もどる【戻る】返回

例 A：今日は何で来ましたか。　你今天搭什麼交通工具來的呢？

B：バスで来ました。　我坐公車來的。

▶**文法　で　方法或工具**

這裡的「で」可譯作「用」。

例 石鹸で手を洗います。　用肥皂洗手。

0245
☐ **くるま**
【車】

名 汽車
衍 じてんしゃ【自転車】腳踏車

例 彼女は車を運転することができます。　她會開車。

交通工具

車（くるま）
汽車

タクシー
計程車

バス
公車

電車（でんしゃ）
電車

飛行機（ひこうき）
飛機

船（ふね）
船

0246
□
くろい
【黒い】

い形 黑色的
反 しろい【白い】白色的　衍 くろ【黒】黑色

例 その黒（くろ）いのをください。　請給我那個黑色的。

出題重點

▶文法　名詞省略

在能清楚判斷談話內容的名詞是什麼時，「の」可以取代句子當中重複出現的名詞。

例 この靴下（くつした）は誰（だれ）の（靴下（くつした））ですか。

這雙襪子是誰的（襪子）呢？

▌け／ケ

0247
□
🔊
12
けいたい・ケータイ
【携帯】

名 手機
類 スマホ【smartphone】智慧型手機

例 授業中（じゅぎょうちゅう）にケータイを使（つか）わないでください。

上課中請不要使用手機。

出題重點

▶搶分關鍵　ケータイ

全片假名的寫法一般寫成「ケータイ」，而非「ケイタイ」。

0248
□ ケーキ
【cake】

名 蛋糕
衍 パンや【パン屋】麵包店

例 ケーキを食べた後は、歯を磨きなさい。

吃完蛋糕後請去刷牙。

出題重點

▶文法　V―ます＋なさい　請～

表示較為客氣的命令，例如老師對學生、父母親對孩子的命令或指示就很常使用本句型。

0249
□ けさ
【今朝】

名・副 今天早上　　　　　　→ 附錄「時間副詞」
衍 こんばん【今晩】今天晚上

例 今朝は何時に起きましたか。　你今天早上是幾點起床的呢？

0250
□ けす
【消す】

他I 熄（燈、火）；關（電器電源）
衍 きえる【消える】消失；熄滅

例 電気を消してもいいですか。　可以關燈嗎？

0251
□ けっこう
【結構】

な形・副 很好（表滿意）；不需要（否定）；相當
衍 いいです 不用了

例 A：飲み物はお茶でいいですか。　飲料的話，喝茶可以嗎？

　　B：はい、けっこうです。　嗯，好的。

出題重點

▶搶分關鍵　けっこう　不用了

「けっこう」有時屬於上述例句的肯定用法，有時卻是拒絕他人的否定用法，須依前後語意判斷。

例 A：荷物が多いですね。私が少し持ちましょうか。

　　你帶的東西好多哦，我來幫你拿一點吧。

　　B：いいえ、けっこうです。　不，不用了。

0252
けっこん
【結婚】

名・自Ⅲ 結婚

衍 けっこんしき【結婚式】結婚典禮

例 私と結婚してくれませんか。　可以跟我結婚嗎？

0253
げつようび
【月曜日】

名・副 星期一　　　　　　　→ 附錄「星期」

衍 かようび【火曜日】星期二

例 月曜日に予定がありますか。　你星期一有事嗎？

0254
けんがく
【見学】

名・他Ⅲ 參觀

衍 けんぶつ【見物】參觀

例 昨日、奈良のお寺を見学しました。　昨天參觀了奈良的佛寺。

0255
げんかん
【玄関】

名 玄關，大門

類 いりぐち【入口】入口　衍 もん【門】門

例 犬が玄関で寝ています。　狗在玄關睡覺。

0256
げんき（な）
【元気（な）】

名・な形 精神；健康的

衍 にぎやか（な）熱鬧的

例 先週風邪を引きましたが、もう元気になりました。

我上星期感冒，不過已經恢復健康了。

出題重點

▶固定用法　風邪を引く　感冒

こ／コ

0257
～こ
【～個】

接尾 ～個　　　　　　　　　→ 附錄「量詞」

類 ～つ（～個）

🔊 13

例 ハンバーガーを２個買いました。　我買了２個漢堡。

0258
～ご
【～語】

接尾 ～語

衍 たんご【単語】單字／ことば【言葉】語言

例 おじは英語と中国語を話すことができます。

叔叔能說英語跟中文。

0259 こうえん【公園】

名 公園
衍 にわ【庭】庭院

例 2人の兄弟が公園で遊んでいます。

兄弟2人在公園裡玩。

公園

じてんしゃ に の
自転車に乗る
騎腳踏車

ジョギングをする
慢跑

たいきょくけん
太極拳をする
打太極拳

いぬ さんぽ
犬の散歩をする
遛狗

ヨガをする
做瑜珈

0260 こうこう【高校】

名 高中
衍 こうこうせい【高校生】高中生

例 高校を出てから、ずっと本屋で働いています。

高中畢業後就一直在書店工作。

出題重點

▶固定用法　高校／大学を出る　高中／大學畢業

0261 こうさてん【交差点】

名 十字路口
衍 しんごう【信号】交通號誌

例 次の交差点を右に曲がってください。　請在下一個十字路口右轉。

0262 こうちゃ
□ 【紅茶】

名 紅茶
衍 のみもの【飲み物】飲料

例 友達はクッキーと紅茶を出してくれました。

朋友端來了餅乾跟紅茶。

出題重點

▶文法　V－てくれる　幫我～

表示主語的動作者幫說話者（我、我方）做某事。

飲料

レモンティー	コーヒー	紅茶	ビール
檸檬茶	咖啡	紅茶	啤酒

0263 こうつう
□ 【交通】

名 交通
衍 こうつうじこ【交通事故】交通事故，車禍

例 東京は静岡より交通が便利です。

東京的交通比靜岡方便。

0264 こうばん
□ 【交番】

名 派出所
衍 けいさつ【警察】警察

例 交番にお巡りさんがいませんでした。　警察不在派出所裡。

0265 こえ
□ 【声】

名 聲音
類 おと【音】聲音

例 声が小さいです。もう少し大きい声で言ってください。

聲音太小了。請再用大一點的音量說話。

0266
☐
コート
【coat】

图 外套,大衣　　　　→附錄「服裝」
衍 うわぎ【上着】外衣

例 今朝はコートを着ている人が多いですね。

今天早上有很多人穿著大衣呢。

0267
☐
コーヒー
【(荷)koffie】

图 咖啡
衍 ジュース【juice】果汁

例 父さんはお客さんにいつもコーヒーを淹れます。

父親總是泡咖啡給客人喝。

0268
☐
ここ

代 這裡　　　　　　→0394 單字
衍 そこ 那裡／あそこ 那裡

例 ここで待っていてください。　請在這裡等著。

0269 ☐
ごご
【午後】
名・副 下午
反 ごぜん【午前】上午

例 午前は晴れですが、午後は曇りです。　上午是晴天，但下午是陰天。

0270 ☐
ごしゅじん
【ご主人】
名 （稱別人的）丈夫
類 おっと【夫】（稱自己的）丈夫

例 ご主人は中国語ができますか。　您丈夫懂中文嗎？

0271 ☐
ごぜん
【午前】
名 上午
反 ごご【午後】下午

例 デパートは午前１１時から、午後１０時までです。

百貨公司從上午11點開到晚上10點。

出題重點

▶文法　～から～まで　從～到～

用來明確點出時間或空間上的起點及終點。

例 今日は、朝８時から午後２時まで仕事に行かなければなりません。

今天我得從早上８點開始上班，一直到下午２點。

0272 ☐
こたえる
【答える】
自Ⅱ 回答（問題）；答話
衍 へんじ【返事】回答

例 次の質問に答えなさい。　請回答下一個問題。（考卷上的說明文字）

0273 ☐
こちら
代 這邊；這位　　　→0396 單字
衍 そちら 那邊／あちら 那邊

例 先生のお部屋はこちらです。　老師的研究室在這邊。
例 こちらは佐藤さんです。　這位是佐藤先生。

出題重點

▶固定用法　こちらこそ　彼此彼此

例 A：初めまして、どうぞよろしくお願いします。

初次見面，請多指教。

B：こちらこそ、宜しくお願いします。　彼此彼此，請多指教。

0274
□ コップ
【（荷）kop】

名 杯子
類 グラス【glass】玻璃杯／カップ【cup】杯子

例 コップが１つありません。知りませんか。

杯子少了１個。你不知道嗎？

0275
□ こと
【事】

名 事
衍 もの【物】東西；事情

例 子供の頃、分からないことがたくさんありました。

孩童時期有很多不懂的事。

0276
□ ことし
【今年】

名・副 今年 　　　　　　　　　→ 附錄「時間副詞」
衍 きょねん【去年】去年

例 今年の冬はあまり寒くないですよね。　今年冬天不怎麼冷，對吧。

0277
□ ことば
【言葉】

名 語言；話語；單字

例 汚い言葉を使いたくないです。　不想說粗話。

0278
□ こども
【子供】

名 小孩
反 おとな【大人】大人

例 青山さんが家に帰ったとき子供たちはもう寝ていました。

青山先生回到家時，小孩們已經睡了。

0279
□ この〜

連體 這〜，這個〜 　　　　　　→0398 單字
衍 その 那個／あの 那個

例 この祭りはにぎやかですね。　這個祭典很熱鬧呢。

0280
□ ごはん
【御飯】

名 飯；白飯
衍 あさごはん【朝ごはん】早餐

例 朝ごはんは何を食べますか。パンですか。ご飯ですか。

早餐要吃什麼？麵包還是白飯呢？

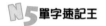

0281
□
コピー
【copy】

名・自Ⅲ 影印
衍 いんさつ【印刷】印刷

例 これを1枚コピーしてください。　請把這個拿去影印1張。

0282
□
こまる
【困る】

自Ⅰ 感到困擾，為難
衍 たいへん（な）【大変（な）】非常；辛苦

例 困りました。ケータイの電池がなくなりました。

　糟糕，手機的電池沒電了。

0283
□
ゴルフ
【golf】

名 高爾夫
衍 スポーツ【sport】運動

例 ゴルフ場にはタクシーで行きますか。　要搭計程車去高爾夫球場嗎？

0284
□
これ

代 這個；這樣　　　　　　　　　→0401 單字
衍 それ 那個／あれ 那個

例 これは日本語の辞書で、あれは英語の辞書です。

　這是日語辭典，那是英語辭典。

例 きょうはこれで終わりにしましょう。　今天就到這裡結束吧。

0285
□ これから

> |連語| 從現在起，今後
> |類| いまから【今から】從現在開始

|例| これからだんだん暑_{あつ}くなります。　今後的天氣會逐漸變熱。

0286
□ ころ
【頃】

> |名| 時期，時候
> |類| じだい【時代】時代，時期

|例| 子供_{こども}の頃_{ころ}、この公園_{こうえん}はありませんでした。　我小的時候還沒有這座公園。

0287
□ ～ごろ
【～頃】

> |接尾| ～左右（時間）

|例| このスーパーは３時_{さんじ}ごろからお肉_{にく}が３割引_{さんわりび}きになります。

這間超市從３點左右開始肉品打７折。

0288
□ こんしゅう
【今週】

> |名・副| 這星期　　　　　　　　　→ 附錄「時間副詞」
> |衍| こんげつ【今月】這個月

|例| 今週_{こんしゅう}は、ちょっと忙_{いそが}しいですから、ミーティングは来週_{らいしゅう}にしませんか。

這星期有點忙，可以改成下星期開會嗎？

0289
□ こんばん
【今晩】

> |名・副| 今晚　　　　　　　　　　→ 附錄「時間副詞」
> |類| こんや【今夜】今晚

|例| 今晩_{こんばん}友達_{ともだち}と一緒_{いっしょ}にドライブに行_いきました。

今晚和朋友一起開車去兜風。

> 出題重點
>
> ▸搶分關鍵　一緒に　跟～一起～

0290
□ コンビニ
【convenience store】

> |名| 超商，便利商店
> |衍| スーパー【supermarket】超市

|例| コンビニでバイトしたいです。　我想在超商打工。

▎さ／サ

0291
☐
🔊
14

～さい
【～歳】

接尾 ～歲
類 ～つ ～歲

➡ 附錄「量詞」

例 私は今年１９歳になります。　我今年要19歲了。

出題重點

▶搶分關鍵　年齡

詢問他人年齡時，可以說「あなたは何歳（なんさい）ですか」或「おいくつですか」。另外，由於「～歲」筆畫較多，日本人有時候會求方便而簡寫成「～才」，該字本身雖不包含年齡的意思，但在日常生活使用上是允許的，而正式文件仍寫「～歲」比較好。

0292
☐

さいきん
【最近】

名・副 最近
類 このごろ【この頃】最近，近來

例 最近日本では災害が多いです。　最近日本有很多災害。

0293
☐

さいふ
【財布】

名 錢包

例 あれ、財布がない。どこで落としたかな。
　　咦？錢包不見了！掉到哪裡去了呢？

0294
☐

さがす
【捜す・探す】

他I 搜尋，尋找

例 鍵をなくしたので捜しています。　鑰匙弄丟了，所以正在找。

0295
☐

さかな
【魚】

名 魚
衍 さけ【鮭】鮭魚／かに【蟹】螃蟹

例 彼女は実家が魚屋です。　她的老家是賣魚的。

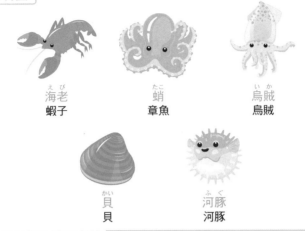

海中生物圖

えび 海老 蝦子	たこ 蛸 章魚	いか 烏賊 烏賊
かい 貝 貝	ふぐ 河豚 河豚	

0296 □
さき
【先】

図 先（時間、順序）；尖端；前方
反 あと【後】之後　衍 まえ【前】前方

例 お先に失礼します。　先行失陪了。（先走了。）

┌─ 出題重點 ─┐

▶**詞意辨析　さき VS さっき**

雖然只差一個促音，這兩個字的意思卻完全不一樣。「さき」可以指時間上的先，或是空間上的前頭，「さっき」則是方才、剛才之意。

例 <u>さっき</u>はありがとうございます。　剛剛多謝了。

0297 □
さく
【咲く】

自I 開花

例 公園の桜の花がきれいに咲いています。

公園裡的櫻花美麗地綻放著。

0298 □
さくぶん
【作文】

図 作文
衍 ぶんしょう【文章】文章

例 水曜までに将来についての作文を書かなければなりません。

星期三前必須寫 1 篇關於將來的作文。

0299
☐ さくや
【昨夜】

名・副 昨晚 →附錄「時間副詞」
類 ゆうべ【昨夜】昨晚

例 昨夜、アップルパイを4つも食べました。

昨晚吃了4片蘋果派這麼多。

出題重點

▶搶分關鍵　も　強調數量很多

表示數量之多，有意外或是強調的語意。

0300
☐ さけ
【酒】

名 酒
類 アルコール【alcohol】酒；酒精

例 お酒を飲むと、体が温かくなります。

喝了酒身體就暖起來了。

0301
☐ さす
【差す】

他I 舉；撐（傘）

例 傘を差して自転車に乗ってはいけません。

撐傘騎腳踏車是不行的。

0302
☐ ～さつ
【～冊】

接尾 ～冊，～本 →附錄「量詞」

例 あなたは1か月に何冊くらい本を読みますか。

你1個月讀幾本書呢？

0303
☐ さっき

副 剛剛，剛才
類 さきほど【先ほど】剛剛

例 さっき廊下で吉田さんに会いました。　剛剛在走廊上遇到吉田小姐。

0304
☐ ざっし
【雑誌】

名 雑誌
衍 ほん【本】書

例 彼は学生ですが、雑誌のモデルもやっています。

他雖然是學生，但也在做雜誌的模特兒。

0305 □ さとう
【砂糖】
名 糖；砂糖
衍 しお【塩】鹽／こしょう【胡椒】胡椒

例 そのレモンティーは甘いですよ。砂糖をたくさん入れましたから。
因為放了很多砂糖，所以這杯檸檬茶很甜。

0306 □ さびしい
【寂しい】
い形 寂寞的
反 にぎやか（な）【賑やか（な）】熱鬧的

例 あなたは寂しくなった時、何をしますか。
當你感到寂寞時，會做些什麼呢？

0307 □ さむい
【寒い】
い形 寒冷的
類 つめたい【冷たい】冰冷的

例 寒いので、熱いコーヒーを飲みました。　因為很冷，所以喝了杯熱咖啡。

0308 □ さら
【皿】
名 盤子，碟子
衍 ちゃわん【茶わん】碗；飯碗；茶杯

例 棚からお皿を２枚とスプーンを２本取ってくれませんか。
你可以從櫃子裡拿２個盤子和２支湯匙給我嗎？

0309 □ ～さん
接尾 ～先生，～小姐
衍 ～ちゃん 曙稱／～くん 男性的稱謂

例 鈴木さんはどう思いますか。　鈴木先生，你怎麼想？

┌─ 出題重點 ─────────────────────────────

▶搶分關鍵　對上司的稱呼

稱呼自己的上司時，可以直接稱呼其職稱，或是姓氏加職稱。由於職稱本
身已包含了敬稱之意，所以不必再加「さん」。
（○）課長、おはようございます。　課長，早安。
（○）山田課長、おはようございます。　山田課長，早安。
（×）課長さん、おはようございます。　（錯誤稱呼）

└───────────────────────────────────────

0310
サンドイッチ
【sandwich】

名 三明治
衍 パン【(葡)pão】麵包

例 朝ごはんは 卵 のサンドイッチだけでしたから、お腹が空いています。

因為早餐只吃了雞蛋三明治，所以現在肚子很餓。

0311
ざんねん（な）
【残念（な）】

な形 遺憾，可惜

例 残念ですが、今回の試験は不合格でした。

很可惜，這次考試沒有及格。

出題重點

▶搶分關鍵　考試相關用語

通過考試、及格可以說「試験に合格します」，考試不及格、落榜則可以
說「試験で不合格になります」或「試験に落ちます」。

▶文法　轉折語氣的用法

日文有很多種轉折語氣，在這裡要介紹初學者常碰到的四種用法。

常體＋が：此為書寫體，通常用於書信及文章。

です・ます＋が：屬於有禮貌的說法，常見於會話。

です・ます＋け（れ）ど：屬於稍微客氣的講法。

常體＋け（れ）ど：此為口語體，多對關係非常親暱之人使用。

0312
さんぽ
【散歩】

名・自Ⅲ 散步

例 最近、夜に犬の散歩をする人が多いです。

最近晚上帶狗出來散步的人很多。

｜し／シ

0313
～じ
【～時】

接尾 ～點

→ 附錄「時刻」

15

例 すみません。今日は１７時から約束がありますので…。

不好意思，今天下午５點有約了……。

0314
□
しお
【塩】

名 鹽
衍 さとう【砂糖】糖／す【酢】醋

例 もう少し塩を入れてください。　請再加一點鹽進去。

0315
□
じかん
【時間】

名 時間
衍 きかん【期間】期間

例 外国語の勉強は時間がかかります。　學習外語很花時間。

0316
□
しごと
【仕事】

名 工作；職業
衍 はたらく【働く】工作

例 お仕事は何ですか。　請問您的職業是什麼？

0317
□
じしょ
【辞書】

名 辭典，字典
衍 ひゃっかじてん【百科事典】百科全書

例 分からない言葉があったとき、辞書を引いてください。

有不懂的單字時，請查字典。

0318
□
しずか（な）
【静か（な）】

な形 安靜的
反 にぎやか（な）【賑やか（な）】熱鬧的

例 テストをしていますから、静かにしてください。

現在正在舉行測驗，所以請安靜。

0319
□
した
【下】

名 下　　　　　　　　　　→ 附錄「方向、位置」
反 うえ【上】上

例 ドアの下に手紙があります。　門的下方有封信。

0320
□
しつもん
【質問】

名・自Ⅲ 問題；詢問
衍 もんだい【問題】問題／きく【聞く】問；聽

例 学生は誰も質問しません。　學生們誰也不發問。

0321
□
じてんしゃ
【自転車】

名 腳踏車，自行車　　　　　→ 附錄「交通工具」
衍 バイク機車／くるま【車】汽車

例 彼は自転車で日本中を旅行しています。　他騎腳踏車環遊日本。

0322
□ じどうしゃ
【自動車】

名 汽車 → 附錄「交通工具」
衍 くるま【車】汽車

例 ここに自動車を止めないでください。　請勿在此停車。

0323
□ しぬ
【死ぬ】

自I 死，死亡
反 うまれる【生まれる】出生

例 地震で町が壊れました。人もたくさん死にました。

地震導致小鎮被破壞，也死了很多人。

0324
□ じぶん
【自分】

名 自己
反 ひと【人】他人

例 先週、自分でパンを作りました。とてもおいしくできました。

上星期自己做了麵包。做得非常好吃。

出題重點

▶搶分關鍵　男性的第一人稱

有時會聽到日本男性以「自分」自稱，但在正式場合不鼓勵使用這個第一
人稱。日常生活中還可聽見男性以「僕（ぼく）」或「俺（おれ）」自稱，
「僕」給人較溫柔的印象，「俺」則較粗魯，但這兩種第一人稱都只適合
在私下聊天使用，正式場合還是以「わたし」自稱為主。

0325
□ しまる
【閉まる】

自I 關（門窗）；關店
反 あく【開く】開　衍 しめる【閉める】關

例 ドアが閉まります。　電梯門要關了。（電梯廣播）

0326
□ じむしょ
【事務所】

名 辦公室
類 オフィス【office】辦公室

例 この事務所には椅子が９つあります。　這間辦公室裡有９張椅子。

0327
□ しめる
【閉める】

他II 關閉
反 あける【開ける】打開

例 雨が降っているので窓を閉めましょう。　開始下雨了，把窗關了吧。

0328
□
しゃいん
【社員】
名 員工，職員
衍 サラリーマン 上班族

例 私の会社には約８０人の社員がいます。

我的公司裡大概有 80 個員工。

0329
□
しやくしょ
【市役所】
名 市政府
衍 くやくしょ【区役所】區公所

例 台北 １０１から市役所まで歩いて５分かかります。

從臺北 101 走到市政府要 5 分鐘。

0330
□
しゃしん
【写真】
名 相片，照片
衍 がぞう【画像】肖像畫；影像

例 疲れたとき、家族の写真を見ます。　　累的時候就看家人的照片。

0331
□
シャツ
【shirt】
名 襯衫
衍 ワイシャツ 淺色襯衫
→ 附錄「服裝」

例 シャツをクリーニングに出さなければなりません。

襯衫必須要拿去送洗。

0332
□
シャワー
【shower】
名 淋浴
衍 おふろ【お風呂】泡澡

例 朝、シャワーを浴びて、学校に行きます。　　早上淋浴後去學校。

┌─ 出題重點 ─┐

▶固定用法　シャワーを浴びる　淋浴

▶文法　て

動詞て形最常見的用法就是連接短句，將它們組合成一長句。當句子的主詞不同時，用來分別敘述兩件事。當主詞相同時，則表示按照時間上的順序進行一連串動作。

例 おじは新聞を読んで、おばは部屋を片付けました。

叔叔在看報紙，阿姨在整理房間。

例 顔を洗って、ご飯を食べて、仕事に行きます。

先洗臉，再吃飯，然後去上班。

0333 □
～じゅう
【～中】
接尾 整個～，全～（時間、場所）

例 昨日は、風邪で一日中家で休んでいました。

昨天因為感冒一整天都待在家休息。

0334 □
～しゅうかん
【～週間】
接尾 ～個星期
→ 附錄「期間」
衍 ～かげつ【～か月】～個月

例 この本を1週間で読みました。 用了1個星期看這本書。

0335 □
しゅうまつ
【週末】
名・副 週末
反 へいじつ【平日】平日

例 A：週末はどこかへ行きましたか。 你週末有去什麼地方嗎？

B：はい、プールへ行きました。 有，我去了游泳池。

0336 □
じゅぎょう
【授業】
名 課，課程
類 レッスン【lesson】課程

例 林先生の授業はおもしろくて分かりやすいです。

林老師的課很有趣又好理解。

出題重點

▶文法 V―ます＋やすい 容易～／V―ます＋にくい 不容易～

動詞ます形去掉「ます」的部分再接「やすい」或「にくい」，前者指容易做某動作，後者指不容易做某動作。

例 おじいさんの字は読みにくいです。 爺爺的字很難認。

0337 □
しゅくだい
【宿題】
名 回家作業，功課
衍 かだい【課題】課題／もんだい【問題】問題

例 この授業は1週間に1回、宿題があります。

這堂課1星期有1次作業。

0338
□
しゅみ
【趣味】

名 興趣

例 母の趣味はバドミントンです。　媽媽的興趣是打羽球。

0339
□
しょうかい
【紹介】

名・他Ⅲ 介紹

衍 じこしょうかい【自己紹介】自我介紹

例 私は彼女を家族に紹介したいです。

我想把女朋友介紹給家人認識。

0340
□
しょうがっこう
【小学校】

名 小學

衍 ちゅうがっこう【中学校】國中

例 ここは私が通っていた小学校です。　這裡是我讀過的小學。

0341
□
じょうず（な）
【上手（な）】

な形 擅長

反 へた（な）【下手（な）】不擅長

例 エリナさんは、絵が上手ですね。　惠理奈同學，你好擅長畫畫喔！

0342
□
じょうぶ（な）
【丈夫（な）】

な形 耐用的，結實的（物品）；健康的（人）

衍 けんこう（な）【健康（な）】健康的

例 このかばんは古いですが、とても丈夫です。

這個公事包雖然舊，但是很耐用。

例 私は体が丈夫で、あまり風邪を引きません。

我身體很健壯，所以不常感冒。

0343
□
しょうゆ
【醤油】

名 醬油

衍 みそ【味噌】味噌

例 醤油を少しかけてください。もっとおいしくなりますよ。

請淋上一點醬油，會變得更好吃喔。

0344
ジョギング
【jogging】
名・自Ⅲ 慢跑　　→附錄「運動」
衛 はしる【走る】跑／あるく【歩く】走

例 週に３回ジョギングしています。　１星期慢跑３次。

0345
しょくじ
【食事】
名・自Ⅲ 吃飯，用餐
衛 たべる【食べる】吃

例 １週間に４回ぐらい外で食事します。

１星期大約在外面吃飯４次。

0346
しょくどう
【食堂】
名 餐廳，食堂
衛 レストラン【(法)restaurant】餐廳

例 この学校の食堂はあまりおいしくなかったです。

這所學校的食堂不太好吃。

0347
しらべる
【調べる】
他Ⅱ 調查；查閱；檢查

例 この言葉の意味がわかりませんから、辞書で調べます。

我不知道這個詞語的意思，所以要查字典。

0348
しる
【知る】
他Ⅰ 知道
衛 わかる【分かる】懂，明白

例 山田さんの住所は知りませんが、電話番号は知っています。

我不知道山田先生的住址，但是知道他的電話。

> 出題重點

▶搶分關鍵　知りません　不知道／知っています　知道

「知る」是瞬間動詞，所以沒有「知っていません」這種用法。而「知っています」則是表示知道的「狀態」持續，而非進行式。

（○）知りません。　不知道。

（×）知っていません。

（○）知っています。　知道。

0349 しろい
【白い】

い形 白色的
反 くろい【黒い】黑色的

例 白いタオルが黒くなりました。洗濯しなければなりません。

白色的毛巾變髒了，不洗不行了。

0350 ～じん
【～人】

接尾 ～人（國籍）
衍 ひと【人】人

例 昨日の夕方日本に着きました。ドイツ人の友達と一緒に来ました。

昨天傍晚到達日本了。我是和德國的友人一起來的。

0351 しんごう
【信号】

名 交通號誌，紅綠燈
衍 あかしんごう【赤信号】紅燈

例 この交差点は信号がありませんから、危ないです。

這個十字路口沒有紅綠燈，所以很危險。

0352 しんぶん
【新聞】

名 報紙
衍 ざっし【雑誌】雜誌

例 朝、父はいつも新聞を読んだり、コーヒーを飲んだりします。

爸爸早上總是在看報紙還有喝咖啡。

出題重點

▶**文法　V－たり V－たりする**

用來列舉兩個以上的動作，並且暗示還有其他動作。

資訊媒體

テレビ
電視

ラジオ
廣播

ネット
網路

しんぶん
新聞
報紙

メディア
媒體

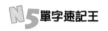

す／ス

0353
□
🔊
16
すいようび
【水曜日】

名・副 星期三　　　　　　　　　　　➔ 附錄「星期」
衍 ようび【曜日】星期

例 彼は水曜日に出発すると言いました。　他說星期三出發。

0354
□
すう
【吸う】

他I 吸；吸吮
反 はく【吐く】吐　衍 かむ【噛む】咬

例 赤ちゃんがいますから、たばこを吸わないでください。

有小嬰兒在，所以請不要吸菸。

0355
□
スーパー
【supermarket】

名 超級市場，超市
衍 みせ【店】商店

例 今朝、祖母はスーパーへ野菜や鶏肉を買いに行きました。

今天早上奶奶去了超市買蔬菜和雞肉。

0356
□
スカート
【skirt】

名 裙子　　　　　　　　　　　　　➔ 附錄「服裝」
衍 ズボン【(法)jupon】褲子

例 デートの時、ときどきスカートをはきます。

約會的時候，有時候會穿裙子。

0357
□
すき（な）
【好き（な）】

な形 喜歡的
反 きらい（な）【嫌い（な）】討厭的

例 A：勉強で一番好きな科目は何ですか？

你最喜歡的科目是什麼呢？

B：外国語が一番好きです。数学はあまり好きじゃありません。

我最喜歡外語。不太喜歡數學。

0358
□
～すぎ
【～過ぎ】

接尾 超過～（時間等）；過度～（程度）

例 昨日は１２時過ぎに寝たので、まだ眠いです。

昨天12點多才睡，所以現在還很睏。

0359
☐ すく
【空く】

自I（肚子）餓；空
衍 から【空】空

例 朝ごはんが遅かったので、お腹がすいていません。

很晚才吃早餐，所以現在肚子還不餓。

0360
☐ すぐ
【直ぐ】

副 馬上
類 まもなく　過不久

例 A：駅は遠いですか。　車站離這裡很遠嗎？

　　B：いいえ、ホテルからすぐですよ。　不會，從飯店出來馬上就是了。

0361
☐ すくない
【少ない】

い形 少的
反 おおい【多い】多的

例 昨日は雨でお客さんが少なかったです。　昨天因為下雨，所以客人很少。

0362
☐ すこし
【少し】

副・名 少許，一點，一些
類 ちょっと　有點

例 寿司に少しワサビをつけたらもっとおいしくなります。

在壽司上沾一點芥末的話會變得更好吃。

0363 □ すし
【寿司】
名 壽司
衍 おにぎり 飯糰
→ 附錄「日式料理」

例 この近くに美味しい寿司屋がありますよ。

這附近有很好吃的壽司店喔。

0364 □ すずしい
【涼しい】
い形 涼爽的
衍 つめたい【冷たい】冰冷的

例 秋になりましたが、なかなか涼しくなりません。

雖然已經是秋天了，卻一直沒有轉涼。

0365 □ ～ずつ
助 各～；每～

例 すみません、これとあれを１つずつください。

不好意思，這個和那個請各給我１個。

例 少しずつ前に進みましょう。　一點一點地前進吧。

0366 □ ずっと
副 一直；～得多，更～

例 これからずっと通学に使うので、いい自転車を買いました。

因為是今後上學要一直用到的，所以買了臺品質不錯的腳踏車。

0367 □ すてき（な）
【素敵（な）】
な形 很棒的，非常好的，美妙的
衍 かっこいい 帥氣的

例 すてきな庭ですね。きれいな花がたくさん咲いています。

好美的庭院。開了好多美麗的花。

0368 □ すてる
【捨てる】
他Ⅱ 丟
衍 おとす【落とす】弄丟

例 ここにごみを捨てないでください。　請不要在這丟垃圾。

0369 □ ストーブ
【stove】
名 火爐，暖爐
衍 ヒーター【heater】電暖器／こたつ 暖桌

例 寒いのでストーブをつけました。　因為很冷所以開了暖爐。

0370 スプーン
【spoon】

名 湯匙
衍 フォーク【fork】叉子／はし【箸】筷子

例 1歳の息子はスプーンでご飯を食べます。

1歳的兒子用湯匙吃飯。

0371 スポーツ
【sports】

名 運動，體育
類 うんどう【運動】運動，體育

例 兄はスポーツがとても上手ですが、歌は下手です。

我的哥哥雖然非常擅長運動，唱歌卻唱得很爛。

0372 ズボン
【(法)jupon】

名 褲子，長褲
類 パンツ【pants】褲子；內褲

→ 附錄「服裝」

例 彼はズボンをはいて海で泳ぎました。　他穿著褲子在海中游泳。

出題重點

▶固定用法　穿戴

各種服飾配件所搭配的動詞都不盡相同，以下介紹常用的動詞：

シャツを着ます　穿襯衫／ズボンをはきます　穿褲子
靴下をはきます　穿襪子／靴をはきます　穿鞋子
めがねをかけます　戴眼鏡／帽子をかぶります　戴帽子
ネックレスをします　戴項鍊／ネクタイをします　打領帶

0373 すむ
【住む】

自I 居住；生活；棲息（動物）
衍 とまる【泊まる】住宿

例 生まれてからずっと田舎に住んでいます。

出生至今一直都住在鄉下。

0374 スリッパ
【slipper】

名 室內拖鞋
衍 サンダル【sandal】涼鞋

例 トイレにスリッパが置いてあります。　廁所裡擺放著拖鞋。

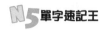

0375
すⁱる

他Ⅲ 做（動作、行為）；穿戴
衍 やる 做

例 いつも公園でサッカーをします。　總是在公園踢足球。

例 日本語の宿題をしましたか。　日文作業寫完了嗎？

0376
すわる
【座る】

自Ⅰ 坐
反 たつ【立つ】站

例 子供たちは座って親の話を聞いています。　孩子們坐著聽父母說話。

▌せ／セ

0377
せ
【背】

名 身高，個子；背
類 しんちょう【身長】身高

17

例 あの背の低い人は妹さんですか？　那位矮個子的人是你的妹妹嗎？

0378
□
せいかつ
【生活】

名・自Ⅲ 生活
類 くらし【暮らし】生活

例 A：ブラジルの生活はどうですか。

在巴西的生活如何呢？

B：ちょっと寂しいですが、楽しいです。

有點寂寞，不過很快樂。

0379
□
せいと
【生徒】

名 學生
類 がくせい【学生】學生

例 生徒はみんな帰りました。教室には誰もいません。

學生都回家了，教室裡 1 個人也沒有。

┌─ 出題重點 ─────────────────────────┐
│   │
│ ▸詞意辨析　生徒 VS 学生   │
│ 「生徒」指的是國小到高中的學生，「学生」則指大學、研究所和專科學 │
│ 校的學生。   │
└──────────────────────────────────┘

0380
□
セーター
【sweater】

名 毛衣
→ 附錄「服裝」

例 セーターを着ている男の人は、うちの社長です。

穿著毛衣的男人是我們公司的社長。

衣服圖表

ドレス
禮服

Ｔシャツ
Ｔ恤

ズボン
褲子

ジャケット
夾克

帽子
帽子

0381 □
せかい
【世界】

名 世界
衍 せかいじゅう【世界中】世界上

例 世界で一番きれいなお城はどこですか。

世界上最漂亮的城堡在哪裡呢？

0382 □
せっけん
【石鹸】

名 肥皂，香皂
衍 シャンプー【shampoo】洗髮精

例 この商品は石鹸です。食べられませんから、ご注意ください。

這個商品是肥皂。請注意不能食用。

浴室

石鹸	ハミガキ粉	櫛	歯ブラシ	タオル
肥皂	牙膏	梳子	牙刷	毛巾

0383 □
ぜひ

副 務必，一定

例 時間があったら、ぜひうちへ遊びに来てください。

有空的話請務必來我們家玩！

0384 □
せまい
【狭い】

い形 狹小的，窄的
反 ひろい【広い】寬的

例 この辺は道が狭くて、車が多いです。

這附近道路狹窄，車子又很多。

0385 □
せんげつ
【先月】

名・副 上個月 　　　　　　　→ 附錄「時間副詞」
衍 こんげつ【今月】這個月

例 先月の花火大会は楽しかったです。　上個月的煙火大會真開心。

0386
□
せんしゅう
【先週】

名・副 上星期 → 附錄「時間副詞」
衍 こんしゅう【今週】這星期

例 先週 近くの神社でお祭りがありました。

上星期附近的神社有祭典活動。

0387
□
せんせい
【先生】

名 老師;醫師
衍 せいと【生徒】學生／きょうし【教師】老師

例 先生はまだ教室に来ていません。　老師還沒到教室。

┌─ 文化補充 ─

▸**大學教授的稱呼**

在日本,大學的老師可以稱作「～教授」,或稱作「～先生」。

0388
□
ぜんぜん
【全然】

副 完全,根本(後接否定)
類 すこしも【少しも】一點也不～

例 イタリア語は少しわかりますが、ロシア語は全然わかりません。

我懂一點義大利文,但對俄羅斯文一竅不通。

0389
□
せんたく
【洗濯】

名・他Ⅲ 洗衣服
衍 あらう【洗う】洗

例 天気がよかったので、朝洗濯してから出かけました。

因為天氣很好,早上洗了衣服才出門。

┌─ 出題重點 ─

▸**文法　V－てから　～然後**

表示在時間上,前項動作比後項動作先發生。

0390
□
～センチ
【(法)centimètre】

接尾 公分
衍 メートル【(法)mètre】公尺

例 前髪は何センチ切りますか。　瀏海要剪幾公分呢?

0391
☐ **ぜんぶ**
【全部】

名・副 全部
類 みんな 全部；大家

例 牛乳は全部飲みました。冷蔵庫に１本もありません。

牛奶全都喝掉了，冰箱裡１瓶都沒有了。

▼そ／ソ

0392
☐ **そう**

🔊
18

感嘆・副 對；對了（突然想起）；這樣～

例 A：あのう、ここは木下先生の研究室ですか。

那個……請問這裡是木下老師的研究室嗎？

B：はい、そうです。　是的，沒錯。

例 あ、そうだ！今日は彼女の誕生日だった。

啊，對了！今天是她的生日。（自言自語）

┌─ 出題重點 ─────────────────────

▶搶分關鍵　回答そう的時機

只有當問句是「Ｎですか。」或「～んですか。」的時候，才能以「そう」

回答，單純的形容詞或動詞問句都不行。

例 この店は安いですか。　這家店東西便宜嗎？

（○）はい、安いです。　是的，很便宜。

（×）はい、そうです。　（錯誤用法）

例 毎朝、新聞を読みますか。　你每天早上會看報紙嗎？

（○）はい、読みます。　是的，我會看。

（×）はい、そうです。　（錯誤用法）

└────────────────────────────

0393
☐ **そうじ**
【掃除】

名・他Ⅲ 打掃
衍 かたづける【片付ける】整理

例 トイレの掃除はいつも私がします。

廁所的打掃工作總是我在做。

そ

【出題重點】

▶**搶分關鍵　部屋をきれいにしてください**

要求他人打掃房間，或是將房間整理乾淨時，可以說「部屋をきれいにしてください」。

0394 そこ

代 那裡（靠近聽話者）　→0018 單字
衍 ここ 這裡／あそこ 那裡

例 そこの塩をとってください。　請拿那邊的鹽。

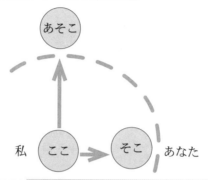

0395 そして

接續 而且；於是，然後
類 それから 然後　衍 まず 首先

例 京都は夏、とても暑いです。そして冬、とても寒いです。

京都的夏天非常炎熱，而且冬天非常冷。

0396 そちら

代 那邊；那位（靠近聽話者）　→0024 單字
衍 あちら 那邊／こちら 這邊

例 A：はい、レストラン「さくら」です。　您好，這裡是櫻花餐廳。
B：すみません、そちらに行きたいですが、駅からの道を教えてください。

不好意思，我想去你們那邊，請告訴我從車站怎麼過去。

0397 そと【外】

名 外面
反 なか【中】裡面

例 昔の子供は外で遊びましたが、今の子供はうちで遊びます。

以前的小孩都待在外面玩，但現在的小孩都待在家裡玩。

0398
☐ **その～**

連體 那個～（靠近聽話者） →0033 單字

衍 あの～ 那個

例 そのテーブルは昔ビートルズが使ったものです。

那張桌子是以前披頭四使用過的。

0399
☐ **そば**
【側・傍】

名 旁邊；附近

類 ちかく【近く】附近　衍 よこ【横】旁邊

例 あの池のそばに大きな彫刻があります。

在那座池塘旁邊有座很大的雕刻。

0400
☐ **そら**
【空】

名 天空

衍 たいよう【太陽】太陽／くも【雲】雲

例 空に雲がありませんから、星がきれいです。

因為天空中沒有雲，星星看起來很美。

0401
☐ **それ**

代 那個（靠近聽話者） →0047 單字

衍 これ 這個／あれ 那個

例 A：それは何ですか。　那是什麼呢？

　 B：これは昨日スーパーで買ったみかんです。

　　 這是我昨天在超市買的橘子。

0402
☐ **それから**

接續 接著，然後；還有

類 そして 然後

例 絵を見ながら質問を聞いてください。それから、正しい答えを選んでください。

請邊看圖邊聽問題，接著請選出正確的答案。

0403
☐ **それでは**

接續 那麼

類 では 那麼／じゃあ～ 那麼（口語）

例 A：私、熱い飲み物はちょっと…。　我不太想喝熱的……。

　 B：それでは冷たいお茶はどうですか。　那麼來杯冰涼的茶如何？

▶**搶分關鍵　ちょっと**

表示否定意願時，日本人習慣語帶保留，給予委婉、曖昧的回答而不直接拒絕。

た／タ

0404
□
🔊
19

～だい
【～台】

接尾 ～部，～臺，～輛　　→ 附錄「量詞」

例 同じ車が 2 台並んでいます。　　2 臺相同的車並排在一起。

0405
□

だいがく
【大学】

名 大學
衍 だいがくいん【大学院】研究所

例 彼女は希望の大学に入りました。

她考進了理想的大學。

0406
□

たいしかん
【大使館】

名 大使館

例 イギリスの大使館はどこにありますか。　　英國大使館在哪裡呢？

0407
□

だいじょうぶ（な）
【大丈夫（な）】

な形 沒問題，不要緊

例 子供の頃は 体 が弱かったです。でも、今は大丈夫です。

小時候身體很不好，但是現在沒問題了。

0408
□

たいせつ（な）
【大切（な）】

な形 重要的；珍貴的；愛惜的

例 人生で一番大切なのは愛だと思います。

我認為人生中最重要的就是愛。

0409
□

だいたい
【大体】

副・名 大概，差不多
類 たいてい【大抵】多半

例 A：ホテルは遠いですか。　　飯店很遠嗎？
　　B：バスに乗ってだいたい 10 分か 15 分です。

　　搭公車大概 10 或 15 分鐘。

0410
□

たいてい
【大抵】

副・名 多半；差不多
類 だいたい【大体】大概

例 うちの朝ごはんはたいてい味噌汁とご飯です。

我們家的早餐多半都是味噌湯跟飯。

0411
□ だいどころ
【台所】

名 廚房
類 キッチン【kitchen】廚房

例 お母さんは台所にいますか。リビングにいますか。

媽媽在廚房嗎？還是在客廳？

0412
□ たいへん（な）
【大変（な）】

な形・副 辛苦；非常，很
類 とても 非常

例 A：今日は仕事がたくさんあります。全然終わりません。

今天有很多工作，完全做不完。

B：お仕事、大変ですね。　您工作真是辛苦啊！

0413
□ たかい
【高い】

い形 高的；貴的
反 ひくい【低い】低的／やすい【安い】便宜

例 東京タワーはどれぐらい高いですか。　東京鐵塔有多高呢？
例 日本の果物はどれも高いです。　日本的水果不論哪種都很貴。

0414
□ たくさん
【沢山】

副・名 許多
衍 おおい【多い】多的

例 たくさん運動しましたから、お腹がすきました。

因為做了許多運動，所以肚子餓了。

┌─ 出題重點 ─────────────────────────────

▶固定用法　お腹がすいた　肚子餓了

除了「お腹がすいた」之外，也可以說「お腹がペコペコ」或「腹減った
（はらへった）」，但後者為較粗俗的用法，不適合對長輩使用。

└──────────────────────────────────────

0415
□ タクシー
【taxi】

名 計程車　　　　　　　　　　→ 附錄「交通工具」
衍 バス【bus】公車／くるま【車】汽車

例 間に合いませんから、タクシーで行きましょう。

會趕不上的，我們搭計程車去吧。

▶**文法　で　交通手段**

例 沖縄は、飛行機で行かなければなりません。

去沖繩的話得搭飛機。

0416

~~~だけ~~~

助 只~（限定）

類 ~しか~ない　只

例 このお菓子はこの店だけで買うことができます。

這種點心只能在這家店才買得到。

▶**文法　しかV－ない　只**

先前也曾介紹過，雖然「しか」和「だけ」的語感並非完全相同，但大致上可互換。

例 このお菓子はこの店でしか買うことができません。

這種點心只能在這家店才買得到。

0417

だす

【出す】

他Ⅰ 拿出；端出；寄（信）；交出

類 わたす【渡す】交出

例 お菓子を先に出してから、お茶を出します。　先上糕點再上茶。

例 おばあちゃんへの手紙、もう出した？

給奶奶的信你拿去寄了嗎？（家人間的對話）

▶**文法　への　給~的**

助詞「へ」可用來表示授予對象，此時中文譯作「給」。修飾名詞時則使用「への」的方式。

例 母へプレゼントをおくります。　送禮物給媽媽。

例 母へのプレゼントは花です。　給媽媽的禮物是花。

0418
□
ただしい
【正しい】

> い形 正確的
> 衍 せいかい【正解】正確答案

例 この日本語は正しいですか。正しくないですか。

這句日語是正確的嗎？還是不正確的？

0419
□
〜たち
【〜達】

> 接尾 〜們（複數）
> 類 〜ら【〜等】〜們

例 私たちは親友です。ですから、何でも話してください。

我們是摯友。所以不管有什麼事都請跟我說。

0420
□
たつ
【立つ】

> 自I 站，立
> 反 すわる【座る】坐

例 彼は立ったり、座ったりするだけです。何も仕事をしません。

他只是一下子坐一下子站而已，什麼工作都不做。

0421
□
たてもの
【建物】

> 名 建築物
> 衍 ビル【building】大樓

例 その駅の隣の建物はデパートです。

那座車站隔壁的建築物是間百貨公司。

0422
□
たな
【棚】

> 名 櫃子
> 衍 ほんだな【本棚】書架

例 棚の一番上に重いものを置かないでください。危ないですから。

因為很危險，所以請不要將重物放在櫃子的最上面。

0423
□
たのしい
【楽しい】

> い形 快樂的，開心的
> 衍 うれしい【嬉しい】開心的（當下）

例 昨日の送別会は楽しかったです。　昨天的歡送會很開心。

0424
□
たのむ
【頼む】

> 他I 拜託；請求
> 類 おねがいする【お願いする】拜託；請求

例 A：何にしますか。私はカツ丼にします。　你要點什麼？我想吃豬排飯。
B：私も。じゃ、カツ丼を2つ頼みましょう。

我也是，那就點2份豬排飯吧。

0425
□

たばこ
【(葡)tabaco】

名 香菸

例 林君はたくさんたばこを吸います。1日に 2 0 本も吸います。

小林抽很多菸，1 天竟然要抽 20 根菸。

0426
□

たぶん
【多分】

副 大概，或許
衍 きっと 一定

例 たぶんあのバスは図書館に行くと思います。

我想那班公車或許是要開往圖書館。

┌─ 出題重點 ─────────────────────

▶搶分關鍵　たぶん

「たぶん」帶有推測語氣，常以「たぶん～でしょう」或「たぶん～と思

います」之句型方式出現。

例 あしたはたぶん雨でしょう。　明天大概會下雨吧。

例 渡辺さんはたぶん来ないと思います。

我想渡邊先生大概不會來了。

└──────────────────────────

0427
□

たべもの
【食べ物】

名 食物
衍 りょうり【料理】菜餚，料理

例 食べ物を無駄にしてはいけません。　不可以浪費食物。

0428
□

たべる
【食べる】

他Ⅱ 吃
類 いただく【頂く】吃／くう【食う】吃（粗俗）

例 朝から何も食べていません。　從早上到現在什麼都還沒吃。

0429
□

たまご
【卵】

名 蛋，卵；雞蛋
衍 めだまやき【目玉焼き】荷包蛋

例 卵を2つ使って卵焼きを作ります。　用 2 顆雞蛋來做玉子燒。

0430
□

たいめ（な）
【駄目（な）】

な形 不行
衍 きんし【禁止】禁止

例 A：お客さん、ここで写真はだめですよ。

這位客人，這裡不可以照相喔。

B：あっ、すみません。 啊，不好意思。

0431
□

たりる
【足りる】

自II 足夠，充足
衍 じゅうぶん（な）【十分（な）】足夠的

例 1万円で足りますか。お釣りはいいですよ。

1萬元夠嗎？就不用找零了。（在居酒屋）

0432
□

だれ
【誰】

代 誰
衍 だれか【誰か】有人，某人／どなた 哪位

例 誰にチョコレートをもらいましたか。 是從誰那拿到巧克力的呢？

0433
□

たんじょうび
【誕生日】

名 生日

例 誕生日プレゼントは何がいいですか。 生日禮物什麼好呢？
例 お誕生日おめでとうございます。 生日快樂。

0434
□

だんだん

副 逐漸，漸漸地
衍 どんどん 不斷；越來越～

例 問題はこれからだんだん難しくなります。

接下來的問題會逐漸變難。

ち／チ

0435
□
🔊
20

ちいさい
【小さい】

い形 小的
反 おおきい【大きい】大的

例 彼女は小さい子供がいますから、私の誕生日パーティーに来ないと思います。

她有個很小的孩子要帶，所以應該不會來參加我的生日派對。

0436
□

ちか
【地下】

名 地下
反 ちじょう【地上】地面，地上

例 マクドナルドは地下 1 階でしょう？　麥當勞是在地下 1 樓對吧？

0437
□

ちかい
【近い】

い形 近的
反 とおい【遠い】遠的

例 私のふるさとは海に近いです。　我的故鄉離海很近。

0438
□

ちがう
【違う】

自I 不同，不一樣；不對
反 おなじ【同じ】相同，一樣的

例 「また」と「まだ」はアクセントが違います。

「また」跟「まだ」的輕重音不一樣。

出題重點

▶搶分關鍵

「違う」是動詞，「違い」則是它的名詞。雖然以「い」結尾容易讓人聯想到い形容詞，但請特別注意，這個字是名詞而非形容詞。

（×）AとBは違いです。

（○）AとBは違います。　A和B不一樣。

0439
□

ちかく
【近く】

名 附近
衍 とおく【遠く】遠處，遠方

例 この近くにとても美味しいパン屋があります。今度買いに行きませんか。

這附近有一家非常好吃的麵包店。下次要不要去買看看？

0440
□

ちかてつ
【地下鉄】

名 地下鐵　　　　　　　　　　→ 附錄「交通工具」
類 メトロ【metro】捷運，地鐵

例 ロシアの地下鉄は古くてきれいです。　俄羅斯的地下鐵既古老又美麗。

0441
□

チケット
【ticket】

名 票券（門票、車票、電影票等）
類 きっぷ【切符】票券

例 コンサートのチケットを 3 枚持っています。

我有 3 張演唱會門票。

▶**文法辨析　動作持續 VS 狀態**

「Ｖ－ている」的句型主要有兩種用法。第一種為表示正在進行某動作，相當於英文的現在進行式。

例 彼はバイオリンを弾^ひいています。　他正在拉小提琴。

第二種為表示結果的狀態。特別像是「持つ」和「知る」等動詞沒有正在進行式，因此當這類動詞以「Ｖ－ている」的形式出現時，即屬於表示狀態的用法。

例 あの猫^{ねこ}の名前^{なまえ}を知^しっています。　我知道那隻貓的名字。

例 おじは結婚^{けっこん}しています。　叔叔已經結婚了。

0442
□
ちず
【地図】

名 地圖

例 道^{みち}が分^わかりません。地図^{ちず}を見^みてくれませんか。

我不知道要怎麼走。可以幫我看一下地圖嗎？

0443
□
ちち
【父】

名 （稱自己的）父親，家父

衍 おとうさん【お父さん】（稱別人的）爸爸

例 父^{ちち}は毎朝^{まいあさ}、新聞^{しんぶん}を読^よんでいます。　我父親每天早上習慣看報紙。

0444
□
ちゃいろ
【茶色】

名 咖啡色，褐色

類 ちゃいろい【茶色い】褐色的

例 髪^{かみ}の色^{いろ}を茶色^{ちゃいろ}にしましたね。すてきですよ。

頭髮染成咖啡色了呢。很美喔。

0445
□
ちゃわん
【茶碗】

名 碗；飯碗；茶杯

類 コップ【（荷）kop】杯子

例 茶碗^{ちゃわん}にごはんが入^{はい}っていません。　碗裡面沒有盛飯。

器皿

ティーカップ	ティーポット	グラス	ちゃわん 茶碗	さら お皿
茶杯	茶壺	玻璃杯	碗	盤子

0446
☐ **〜ちゅう**
【〜中】

接尾 正在〜；〜當中；〜的期間內　➡0333 單字

例 今授業中ですから、静かにしてください。

上課中，請保持安靜。

0447
☐ **ちゅうがっこう**
【中学校】

名 國中
衍 こうこう【高校】高中

例 中学校の時、女子の制服はセーラー服でした。

國中時，女生的制服是水手服。

0448
☐ **ちょうし**
【調子】

名 （身體健康或機器運轉）狀況；情況
類 ぐあい【具合】（身體或機器）狀況

例 今日は体の調子が悪いので、仕事を休みます。

今天身體不舒服，所以請假不去上班。

出題重點

▶固定用法　調子がいい　狀況好／調子が悪い　狀況不好

0449
☐ **ちょうど**
【丁度】

副 剛好；整
衍 だいたい【大体】大概

例 次の電車は3時ちょうどに出ます。　下一班電車是3點整出發。

0450 □ <ruby>ちょっと<rt></rt></ruby>

副・名 一下，一點；有點～（委婉拒絕）
類 すこし【少し】少許

例 A：ちょっとお<ruby>茶<rt>ちゃ</rt></ruby>を<ruby>飲<rt>の</rt></ruby>んでから<ruby>帰<rt>かえ</rt></ruby>りませんか。

要不要喝點茶再回去？

B：すみません。<ruby>今日<rt>きょう</rt></ruby>はちょっと…。

不好意思，今天有點……。

出題重點

▶搶分關鍵　ちょっと

「ちょっと」經常用在客氣拜託他人的時候。

例 すみません。ちょっとここに<ruby>名前<rt>なまえ</rt></ruby>を<ruby>書<rt>か</rt></ruby>いてください。

不好意思，請在這裡寫一下你的名字。

▶詞意辨析　少し VS ちょっと

當用來表示程度或數量上的「稍微、一些」時，「少し」和「ちょっと」可以互相替換使用。兩者差別在於「少し」比「ちょっと」更為禮貌。

例 ちょっと／少し<ruby>難<rt>むずか</rt></ruby>しいです。　有點難。

▼つ／ツ

0451 □ 🔊 21 <ruby>つかう<rt></rt></ruby>【使う】

他I 使用；花費

例 3<ruby>階<rt>かい</rt></ruby>までは<ruby>階段<rt>かいだん</rt></ruby>を<ruby>使<rt>つか</rt></ruby>います。エレベーターは<ruby>使<rt>つか</rt></ruby>いません。

到 3 樓的話用走樓梯的，不搭電梯。

0452 □ <ruby>つかれる<rt></rt></ruby>【疲れる】

自II 疲累，疲倦

例 <ruby>少<rt>すこ</rt></ruby>し<ruby>疲<rt>つか</rt></ruby>れていますが、<ruby>大丈夫<rt>だいじょうぶ</rt></ruby>です。まだ<ruby>走<rt>はし</rt></ruby>ることができます。

有一點累，但是沒問題，還跑得動。

0453 □ <ruby>つぎ<rt></rt></ruby>【次】

名 下次；下一個
衍 こんど【今度】下次

例 <ruby>次<rt>つぎ</rt></ruby>の<ruby>駅<rt>えき</rt></ruby>で<ruby>降<rt>お</rt></ruby>りましょう。　在下一站下車吧。

0454
☐
つく
【着く】

自I 到達，抵達
類 とうちゃく【到着】到達

例 今、バスの中です。すぐそちらに着きます。

現在在巴士上，馬上就到你那了。

0455
☐
つくえ
【机】

名 桌子（工作桌、書桌）
類 テーブル【table】桌子（餐桌、茶几）

例 机の下に猫がいます。　書桌底下有1隻貓。

0456
☐
つくる
【作る】

他I 製造；做

例 おたくでは誰がごはんを作りますか。　您家裡都是誰在做菜呢？

出題重點

▶文法辨析　で作る VS から作る　由〜所製

兩者的差別在於「N で作る」表示可以從成品看出製造材料，「N から作る」則表示從成品看不出原料。
例 鉄で刀を作る。　以鐵來鍛刀。（看得出來原料是鐵）
例 米からお酒を作る。　用米來釀酒。（外觀看不出原料是米）

0457
☐
つける
【点ける】

他II 點火；開（電器電源）
反 けす【消す】熄；關

例 暗いですね。電気をつけましょう。　好暗呢，開個燈吧！

0458
☐
つとめる
【勤める】

自II 任職，工作
衍 はたらく【働く】工作

例 ご主人はどこに勤めていますか。　您先生是在哪裡任職呢？

▶搶分關鍵　工作的說法

動詞「勤める」、「働く」和「仕事をする」都可用來表示工作之意，不過要注意搭配的助詞不盡相同。

例　私 はデパートに勤めています。　我在百貨公司上班。

例　私 はデパートで 働 いています。　我在百貨公司上班。

例　私 はデパートで仕事をしています。　我在百貨公司上班。

0459 つまらない

| い形 | 無聊的 |
| 反 | おもしろい【面白い】有趣的 |

例　最近、この作家の 小説を読みましたが、つまらなかったです。

最近讀了這位作家的小説，内容很無聊。

0460 つめたい 【冷たい】

| い形 | 冰涼的，冰冷的 |
| 反 | あつい【熱い】熱的 |

例　冷たいビールを１本ください。　請給我１瓶冰涼的啤酒。

0461 つよい 【強い】

| い形 | 強的 |
| 反 | よわい【弱い】弱的 |

例　ライオンよりゾウのほうがずっと強いです。　大象比獅子強得多。

▼て／テ

0462 て 【手】

| 名 | 手 | →附錄「身體」 |
| 衍 | ゆび【指】手指／うで【腕】手腕 |

22

例　寿司は手で食べてもいいですか。　可以用手吃壽司嗎？

0463 テープ 【tape】

| 名 | 膠帶；録音帶；録影帶 |
| 衍 | のり【糊】膠水／はさみ 剪刀 |

例　はさみでテープを切ります。　用剪刀剪斷膠帶。

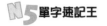

0464
□

テーブル【table】	图 桌子（餐桌、茶几）
	類 つくえ【机】桌子（工作桌、書桌）

例 テーブルの上にいろいろな料理が置いてあります。

桌上擺了各式各樣的料理。

出題重點

▶詞意辨析　テーブル VS つくえ

「テーブル」是指沒有抽屜，多為複數以上的人使用的桌子，像是餐桌。

「つくえ」則指有抽屜，多為單人使用的桌子，像是書桌。

0465
□

でかける【出かける】	自Ⅱ 出門
	反 かえる【帰る】回家

例 きのう、弟と買い物に出かけました。　昨天和弟弟出門去買東西。

0466
□

てがみ【手紙】	图 信
	衍 ふうとう【封筒】信封／メール【mail】郵件

例 旅行したとき、いつも友達に手紙を書きます。

旅行時，我總是給朋友們寫信。

0467
□

できる【出来る】	自Ⅱ 能夠，會；有；新建；成績好

例 天気がわるくて、外でスポーツができません。

天氣不好，不能在外頭做運動。

例 駅前に新しい店ができました。　車站前新開了一家店。

0468
□

でぐち【出口】	图 出口
	反 いりぐち【入口】入口

例 すみませんが、出口はどちらですか。

不好意思，請問出口在哪邊呢？

0469
□ テスト
【test】
名 測驗，考試
類 しけん【試験】考試

例 今日学校でテストがありました。ぜんぜんできませんでした。

今天在學校有考試。根本都答不出來。

0470
□ てつだう
【手伝う】
他I 幫忙
衍 たすける【助ける】幫忙，幫助

例 台所の掃除を手伝いましょうか。　要不要我幫你一起打掃廚房呢？

0471
□ デパート
【department store】
名 百貨公司
類 ひゃっかてん【百貨店】百貨公司

例 では明日の休みにデパートに行きませんか。

那麼，明天放假要不要去百貨公司呢？

0472
□ でも
接續・助 不過；或是
類 しかし 可是

例 この靴、軽くていいですね。でも少し小さいです。もっと大きいのはあ
りますか。

這鞋很輕很不錯耶。不過小了點，有大一點的尺寸嗎？

例 お茶でも飲みませんか。　要不要喝點茶什麼的？

▶文法　Nでも　～什麼的

在詢問他人意願時，表示除了舉例的事物之外，還有其他可替換的空間。

例 週末に図書館にでも行きませんか。

週末要不要去圖書館（或其他可看書的地方）呢？

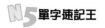

0473
□
でる
【出る】
自Ⅱ 出去；離開
反 はいる【入る】進來

例 駅を出て、右に曲がると、交差点があります。そこをまっすぐ行ってください。

出了車站，往右轉有個十字路口。請直直走下去。

0474
□
テレビ
【television】
名 電視

例 祖父はテレビに出たことがあります。　爺爺有上過電視。

0475
□
てんき
【天気】
名 天氣
衍 てんきよほう【天気予報】天氣預報

例 天気がいいですから、散歩でもしませんか。

天氣很好，要不要去散步呢？

0476
□
でんき
【電気】
名 電，電力；電燈

例 電気を消さないでください。今、宿題をしていますから。

請不要關燈。因為我現在正在寫作業。

0477
□
でんしゃ
【電車】
名 電車，火車　　　　→ 附錄「交通工具」
衍 ちかてつ【地下鉄】地鐵

例 会社まで電車で５０分かかります。　搭電車到公司要花50分鐘。

0478
□
でんわ
【電話】
名 電話
衍 スマホ【smartphone】智慧型手機

例 あしたの晩、電話をしてもいいですか。

明天晚上我可以打電話給你嗎？

出題重點

▶ **固定用法　電話に出る　接電話**

例 姉はいま電話に出ています。　我姊現在正在接電話。

▶ **文法　V－てもいい　可以～嗎**

向對方尋求許可或是否能做什麼時使用。回答可以是「はい、いいですよ」

或是「いいえ、いけません」和「すみません、ちょっと」等。

例 先に帰ってもいいですか。　可以先回去嗎？

▶と／ト

0479
と
【戸】

23

名 門

類 ドア【door】門

例 戸をちゃんと閉めてください。蚊が入りますから。

因為蚊子會跑進來，請確實把門關上。

0480
～ど
【～度】

接尾 ～度（溫度、角度等）

衍 しつど【湿度】濕度

例 寒いですね。今部屋は何度ですか。　好冷，現在房間是幾度呢？

0481
ドア
【door】

名 門

類 と【戸】門

例 ドアの上に春聯が貼ってあります。　門上貼了春聯。

0482
トイレ
【toilet】

名 廁所

類 おてあらい【お手洗い】廁所

例 トイレへ行ってもいいですか。　可以去廁所嗎？

0483
どう

副 怎麼，如何

類 いかが 如何

例 A：テストはどうでしたか。　考試怎麼樣？
　　B：少しやさしかったです。　有點簡單。

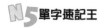

0484 □ **どうして**

副 為什麼，怎麼
類 なぜ 為何／なんで 為何（朋友間對話）

例 昨日はどうして来ませんでしたか？ 昨天怎麼沒有來呢？

出題重點

▶搶分關鍵

在此補充其他和「どう」相關的常見句子。

例 どうしましたか。 怎麼了？（詢問狀況）

例 どうしましょう。 怎麼辦？（不知如何是好時）

例 どういたしまして。 不客氣。（回應他人答謝）

0485 □ **どうぞ**

感嘆・副 （請求；許可；勸）請
衍 おねがいします【お願いします】拜託了

例 A：そのペンをちょっと貸してください。 請借我一下那支筆。
　　B：どうぞ。 請。

0486 □ **どうぶつ【動物】**

名 動物
衍 どうぶつえん【動物園】動物園

例 動物で一番好きなのはパンダです。 動物中我最喜歡的是貓熊。

動物圖表

熊	象	羊	ライオン	パンダ
熊	象	羊	獅子	貓熊

0487 どうやって
☐
副 怎麼
類 どのように 如何

例 A：バス乗り場までどうやって行きますか。　要怎麼去公車站呢？
　　B：駅の南口にありますよ。エレベーターで1階まで降りて、右に行っ
　　　　てください。
　　站牌在車站南出口喔！請搭電梯到1樓再往右走。

0488 とおい
☐ 【遠い】
い形 遠的
反 ちかい【近い】近的

例 上野動物園はここから遠いですよ。　上野動物園離這裡很遠喔。

0489 ～とき
☐ 【～時】
名 ～的時候
衍 じかん【時間】時間

例 パスポートをなくした時は、大使館に連絡してください。

　　護照不見時，請跟大使館聯絡。

0490 ときどき
☐ 【時々】
副 有時
衍 よく 經常

例 時々留学時代の夢を見ます。あの時は楽しかったです。

　　有時候會夢到留學時期的事。那時真的很快樂。

0491 とけい
☐ 【時計】
名 時鐘
衍 うでどけい【腕時計】手錶

例 祖父の部屋の時計は古くて重いです。　爺爺房間裡的時鐘又老又重。

0492 どこ
☐
代 哪裡
衍 どっち 哪邊（口語）／どちら 哪邊

例 そのメガネはどこで買いましたか。　那副眼鏡是在哪裡買的呢？

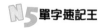

出題重點

▶詞意辨析　どっち VS どこ

「どっち」可以用來詢問方位或地點，或是二擇一當中的哪一個。「どこ」則只能用來詢問地點。

例 A：北はどっちですか。　哪邊是北邊呢？

　　B：あっちですよ。　在那邊喔。

例 A：トイレはどこにありますか。　廁所在哪裡呢？
　　B：2 階のエレベーターの前ですよ。　在 2 樓的電梯前喔。

0493
□ ところ
【所】

名 地方
類 ばしょ【場所】地方

例 ここはいいところですね。空気も水もとてもきれいですから。

　這裡真是個好地方。空氣跟水都很乾淨。

0494
□ とし
【年】

名 年；年齡
衍 年齢【ねんれい】年齡

例 年を取ると、腰や膝が悪くなります。

　上了年紀，腰跟膝蓋就變得不好使了。

出題重點

▶文法辨析　や VS と　和

「や」用來列舉部分事物，同時也暗示除此之外還有其他東西。「と」用來列舉全部事物。

例 冷蔵庫にりんごやメロンがあります。

　冰箱裡有蘋果和哈密瓜。（暗示還有其他東西）

例 本棚に辞書と雑誌があります。

　書架上有字典和雜誌。（此外沒有其他東西）

0495
□ としょかん
【図書館】

名 圖書館
衍 ほんや【本屋】書店

例 図書館は寝るところじゃありませんよ。

　圖書館不是睡覺的地方喔。

▶文法　よ

「よ」可以用來強調自我主張並加以否定他人意志，像上文例句的「よ」有否定他人認知的意思。「よ」也可以用來說明自己知道、對方卻不知道的內容，或是加以命令、提醒及告知。

0496 □ どちら

代 哪邊；哪一個（二擇一）；哪位
類 どっち 哪邊

例 A：大学<ruby>だいがく</ruby>はどちらですか。　你是讀哪間大學的呢？
B：九州<ruby>きゅうしゅう</ruby>大学<ruby>だいがく</ruby>です。　我讀九州大學。

出題重點

▶搶分關鍵　詢問對方來自哪國

（○）お国<ruby>くに</ruby>はどちらですか。　你是哪裡人呢？
（×）あなたはどこの国<ruby>くに</ruby>の人<ruby>ひと</ruby>ですか。
（×）あなたはどの国<ruby>くに</ruby>の人<ruby>ひと</ruby>ですか。

0497 □ とても

副 很，非常
類 ひじょうに【非常に】很　衍 まあまあ 一般

例 姉<ruby>あね</ruby>の部屋<ruby>へや</ruby>はとてもきれいです。　姊姊的房間非常乾淨整潔。

0498 □ どなた

代 誰（比「だれ」更有禮貌）
類 だれ【誰】誰

例 A：先生<ruby>せんせい</ruby>と一緒<ruby>いっしょ</ruby>にいる方<ruby>かた</ruby>はどなたですか。
那位和老師在一起的人是誰？
B：奥<ruby>おく</ruby>さんです。　是師母。

0499 □ となり【隣】

名 旁邊，隔壁；鄰居
衍 そば【傍】旁邊／ちかく【近く】附近

例 隣<ruby>となり</ruby>の席<ruby>せき</ruby>は空<ruby>あ</ruby>いていますか。　隔壁的位子是空著的嗎？

0500
□ どの～
連體 哪個～（三者以上）
衍 この～ 這～／その～ 那～／あの～ 那～

例 A：あの人は誰ですか。　　那個人是誰？
　　B：えっ、どの人ですか。　　咦，哪個人？

0501
□ とぶ
【飛ぶ】
自I 飛，飛行

例 この島までの飛行機は1日に2本飛んでいます。

到這座島的飛機1天有2班。

0502
□ とまる
【止まる】
自I 停，停下
反 うごく【動く】動；運轉

例 ホテルの前に黄色いタクシーが止まっています。

飯店門口停著1臺黃色的計程車。

0503
□ とまる
【泊まる】
自I 住宿
衍 すむ【住む】居住

例 このホテルに3日、泊まります。　　要住在這間飯店3天。

0504
□ ともだち
【友達】
名 朋友
衍 しりあい【知り合い】熟人

例 私は友達が1人しかいません。　　我的朋友只有1個人而已。

關係

か ぞく
家族
家人

ふう ふ
夫婦
夫妻

ともだち
友達
朋友

どうりょう
同僚
同事

0505 どようび
【土曜日】

名・副 星期六　　　　　→ 附錄「星期」
衍 にちようび【日曜日】星期日

例 先週の土曜日に友達と遊園地に行きました。

上星期六和朋友去了遊樂園。

星期

月曜日	火曜日	水曜日	木曜日	金曜日	土曜日	日曜日
星期一	星期二	星期三	星期四	星期五	星期六	星期日

0506 とりにく
【鶏肉】

名 雞肉
衍 チキン【chicken】雞肉

例 親子丼は鶏肉と卵で作ります。　親子丼是由雞肉跟蛋做的。

0507 とる
【取る】

他I 拿，取

例 棚の上の箱を取りたいです。　我想拿架子上的箱子。

0508 とる
【撮る】

他I 拍攝（相片、影片）
衍 かく【描く】畫（圖）

例 ここで映画のキャラクターたちと写真を撮ることができます。1枚5ドルです。

在這裡可以和電影裡的角色們拍照，1張5美元。

文化補充

▶貨幣說法

「ドル」一般指美元，前面如果加上國家名稱，就會變成該國的使用貨幣，例如「カナダドル」即為加拿大元（加幣）。但並非任何國名後面都可接「ドル」。

0509 □ **どれ**

代 哪個，哪一個（三者以上的選擇）
衍 どっち 哪一個

例 A：駅に行くバスはどれですか。　哪一輛是開往車站的公車？

B：あのバスです。　那輛公車。

0510 □ **どんな～**

連體 什麼樣的～
衍 どう 如何，怎麼樣

例 「いただきます」はどんなときに言いますか。

「いただきます」是在什麼時候說呢？

筆記區

▌な／ナ

0511
□
🔊
24

ナイフ
【knife】

名 刀子

衍 フォーク【fork】叉子

例 ナイフとフォークを使いません。いつも箸で食べます。

我不使用刀叉，都是用筷子吃飯。

0512
□

なおす
【直す】

他Ⅰ 修理；訂正；改正

衍 しゅうり【修理】修理

例 自分で時計を直したことがあります。　我有自己修理過時鐘。

出題重點

▸**文法　V－たことがある　曾經**

表示過去的經驗，以前曾經做過某事之意。

0513
□

なか
【中】

名 裡面；中間　　　　　　　→附錄「方向、位置」

反 そと【外】外面

例 私の会社はあのビルの中にあります。　我公司就在那棟大樓裡。

0514
□

ながい
【長い】

い形 長的

反 みじかい【短い】短的

例 長い時間電車に乗りましたから、疲れました。

因為長時間搭乘電車，很累了。

0515
□

～ながら

邊～邊～

例 彼はシャワーを浴びながら歌を歌っています。

他一邊淋浴一邊唱著歌。

0516
□

なく
【泣く】

自Ⅰ 哭，哭泣

衍 なみだ【涙】眼淚

例 迷子の子供が泣いています。　迷路的孩子在哭泣。

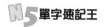

出題重點

▶**固定用法　迷子になる　迷路**

例 外国人はよく東京駅で迷子になります。
がいこくじん　　　　　　　とうきょうえき　まいご

外國人很常在東京車站迷路。

0517
□
なく
【鳴く】

自Ⅰ 鳴叫（蟲鳥獸）

例 知らない鳥が鳴きながら空を飛んでいます。
し　　　　とり　な　　　　　　そら　と

不知名的鳥兒一邊鳴叫一邊在天空中翱翔。

0518
□
なくす

他Ⅰ 弄丟，遺失
衍 なくなる 不見，遺失

例 パスポートをなくさないでください。　請不要弄丟護照。

0519
□
なぜ

副 為何
類 どうして 為什麼

例 昨日なぜ仕事を休みましたか。　你昨天為何沒來上班？
きのう　　　しごと　やす

0520
□
なつ
【夏】

名 夏天
衍 はる【春】春天／あき【秋】秋天

例 軽井沢は夏になるとにぎやかです。　輕井澤到了夏天就變得很熱鬧。
かるいざわ　なつ

0521
□
なつやすみ
【夏休み】

名 暑假
衍 ふゆやすみ【冬休み】寒假

例 今年の夏休みに1ヶ月だけ日本に留学します。
ことし　なつやす　　　いっかげつ　　にほん　りゅうがく

今年暑假去日本留學，只去1個月。

▶搶分關鍵　時間＋に

助詞「に」可用來表示時間點，不過並不是所有時間的後面都需要加上。
通常包含數字的時間名詞，像是年、月、日或幾點幾分，以及特定的時間
點或節日，後面需加「に」。如果該詞語可直接作為副詞使用，就不需加
「に」。季節和星期則可加可不加。

需加「に」：朝6時20分、3月7日、2020年、夏休み

不加「に」：今日、今晚、来週、去年、毎日、朝

可加可不加「に」：春、水曜日、時間＋ごろ

0522 □

〜など
【〜等】

助 〜等
衍 ほかに【他に】其他

例 バッグの中に財布や鍵などがあります。　包包裡有錢包和鑰匙等。

0523 □

なに・なん
【何】

代 什麼

例 A：今日は何で来ましたか。　你今天是搭什麼來的？
　　B：自転車で来ました。　我騎腳踏車來的。

▶搶分關鍵　何＋量詞

當「何」後面接的是「回」、「枚」和「本」等量詞時，一律唸作「なん」。

▶詞意辨析　なんにん VS なにじん

漢字都寫成「何人」，「なんにん」是上述「何」加量詞的用法，用來詢
問人數多寡，「なにじん」則是詢問對方為哪國人。

▶搶分關鍵　讀音

另外，「何」的讀音會受後面接續的字所影響，當「何」後接子音 t、d 和
n 開頭的字時唸作「なん」。

子音 t　何と（なんと）、何て（なんて）

子音 d　何だ（なんだ）、何ですか（なんですか）

子音 n　何の（なんの）　例外　何で（なにで）詢問手段

0524
☐ なまえ
【名前】

名 名字
衍 みょうじ【名字】姓氏

例 お名前を教えてくださいませんか。 能否告訴我您的大名？

出題重點

▶搶分關鍵 姓名相關單字
下の名前 名字／ニックネーム・あだ名 綽號

0525
☐ ならう
【習う】

他I （向他人）學習
反 おしえる【教える】教

例 私は5歳からピアノを習っています。 我從5歲開始學鋼琴。

出題重點

▶詞意辨析 習う VS 学ぶ VS 勉強する
「習う」指向他人學習知識、技藝，例如找老師教，或是去上課。「学ぶ」
指學習知識、技藝，也可以用在自學或學習抽象事物。「勉強する」多指
用功讀書。

0526
☐ ならぶ
【並ぶ】

自I 排列，並列
衍 ならべる【並べる】排列

例 このレストランはいつもたくさんの人が並んでいますね。
這家餐廳總是大排長龍呢。

0527
☐ ならべる
【並べる】

他II 排列；擺列
類 ならぶ【並ぶ】排列

例 テーブルにお皿を4枚並べてください。
請在餐桌上擺上4個盤子。

0528
□ なる

自Ⅰ 成為，變成；達到（數量）；到（時間）

例 動物のお医者さんになりたいです。　我想成為獸醫。

例 A：すみません。お金を払いたいです。　不好意思，我想結帳。

B：はい、AランチとBランチで、１８００円になります。

好的，A 餐和 B 餐，合起來是 1800 日圓。

出題重點

▶文法　Nになる　成為～，變成～

「に」前接名詞，表示事物發生自然變化。

例 去年、私は「お父さん」になりました。　我去年當爸爸了。

に／ニ

0529
□
🔊
25　にぎやか（な）

な形 熱鬧的

反 しずか（な）【静か（な）】安靜的

例 先月から子犬を飼っています。うちがにぎやかになりました。

上個月開始養小狗，家裡因此變得熱鬧起來。

0530
□ にく
【肉】

名 肉

衍 ぶたにく【豚肉】豬肉

例 彼女はベジタリアンですから、肉を食べません。

她是素食主義者，所以不吃肉。

0531
□ にし
【西】

名 西，西方　　　　　→ 附錄「方向、位置」

衍 ひがし【東】東／みなみ【南】南

例 西側の部屋がいいですか。東側の部屋がいいですか。

西側的房間好？還是東側的房間好呢？

0532
□ ～にち
【～日】

接尾（日期）～號；（天數）～天 → 附錄「日期」

類 ～か【～日】～號；～天

例 来月の５日から、１２日まで旅行に行きます。

下個月的 5 號到 12 號我要去旅行。

▶搶分關鍵　日期與天數

日期與天數的讀法，除了 1 號為「ついたち」，1 天為「いちにち」之外，其餘日期與天數的讀法全部相同。其中 2～10 日、14 日、24 日以及 20 日的「日」要唸「か」，而不是「にち」。

0533 にちようび
【日曜日】

名・副 星期日
→ 附錄「星期」
類 にちよう【日曜】星期日

例 祖母はいつも日曜日に温泉に行きます。

奶奶星期日總是去泡溫泉。

0534 にほんご
【日本語】

名 日語，日文
衍 ちゅうごくご【中国語】中文

例 日本語学校で日本語を習っています。日本の小説を読みたいですから。

因為想閱讀日文小說，所以我在日語學校裡學日文。

0535 にもつ
【荷物】

名 貨物；行李

例 もうすぐ帰国ですから、荷物をまとめてください。

馬上就要回國了，請收拾一下行李。

0536 ニュース
【news】

名 新聞；消息
衍 おしらせ【お知らせ】通知

例 そのニュースを聞いたとき、彼はとても怒りました。

當他聽到那則新聞的時候非常憤怒。

出題重點

▶詞意辨析　ニュース VS 新聞

「ニュース」指的是新聞，但日文裡的「新聞」則是指報紙，兩者完全不同，要特別留意。

0537
☐

にわ
【庭】

名 庭院

例 庭には2羽のニワトリがいます。　庭院裡有2隻雞。

出題重點

▶搶分關鍵　量詞的基本用法

日文的量詞和中文不同，必須放在動詞之前、助詞「が」或「を」之後。

例 ハムスターが2匹います。　有2隻倉鼠。

例 りんごを2個食べました。　吃了2顆蘋果。

| 量詞 | の | 東西 | = | 東西 | が | 量詞 |

例 2匹のハムスター＝ハムスターが2匹　2隻倉鼠。

0538
☐

～にん
【～人】

接尾 ～個人　　　　　　　→附錄「量詞」

例 あなたのクラスは学生が何人いますか。　你班上有幾名學生呢？

ぬ／ヌ

0539
☐
🔊
26

ぬぐ
【脱ぐ】

他I 脱
反 かぶる【被る】戴／きる【着る】穿

例 暑いので、上着を脱いでもいいですよ。

因為很熱，你要脱掉外衣也可以喔。

0540
☐

ぬる
【塗る】

他I 塗，抹

例 パンにバターを塗って食べます。　將奶油塗在麵包上吃。

ね／ネ

0541
☐
🔊
27

ネクタイ
【necktie】

名 領帶　　　　　　　　　→附錄「服飾配件」
衍 ネックレス【necklace】項錬

例 ネクタイをしてパーティーに行かなければなりませんか。

一定要繫好領帶去參加派對嗎？

0542
□
ねこ
【猫】

名 貓
衍 いぬ【犬】狗／どうぶつ【動物】動物

例 大学を卒業したら、猫を飼いたいです。　大學畢業之後想要養貓。

| 出題重點 |

▶文法　～たら　假定條件

表示如果前項實現了的話，就會發生後項的動作。

| 寵物 |

| いぬ 犬 狗 | とり 鳥 小鳥 | うさぎ 兎 兔子 | さかな 魚 魚 | ねこ 猫 貓 | へび 蛇 蛇 |

0543
□
ねる
【寝る】

自II 睡覺
反 おきる【起きる】起床

例 ゆうべは３時間しか寝ませんでした。　昨晚只睡了３小時。

0544
□
～ねん
【～年】

接尾 ～年（年份或年數）　→ 附錄「期間」
衍 とし【年】年

例 今年は２千何年ですか。　今年是二零多少年？

の／ノ

0545
□
🔊
28
ノート
【note】

名 筆記本　→ 附錄「文具」
衍 てちょう【手帳】記事本

例 黒いノートに名前が書いてあります。

在黑色的筆記本上寫下了名字。

0546
☐ のぼる
【上る・登る】

自Ⅰ 上，爬，登
衍 あがる【上がる】上，升

例 階段を上って 5 階まで行くと、とても疲れます。

一爬樓梯到 5 樓就很累。

例 私の趣味は山に登ることです。　我的興趣是爬山。

出題重點

▶固定用法　山に登る　爬山

這裡的助詞「に」屬於歸著點，表示動作的目的地，類似用法還有「木に登ります」（爬樹）。

（○）山に登ります。　爬山／登山。
（×）山を登ります。

0547
☐ のみもの
【飲み物】

名 飲料
衍 たべもの【食べ物】食物

例 喉が渇きましたね。飲み物でも買いに行きませんか。

口渴了呢。要不要去買點飲料什麼的呢？

0548
☐ のむ
【飲む】

他Ⅰ 喝；吃藥
衍 たべる【食べる】吃／かむ【噛む】咬

例 1 日に 3 回薬を飲んでください。　請 1 天吃 3 次藥。

出題重點

▶搶分關鍵　時間＋に＋次數

用來表示某時間範圍內發生的次數。

例 週に 1 回、町の教会に行きます。　每星期會去鎮上的教會 1 次。

0549
☐ のる
【乗る】

自Ⅰ 搭乘；騎
衍 のりば【乗り場】乗車處

例 日本のバスは後ろから乗って、前から降ります。

日本的公車是從後面上車，前面下車。

上下車

の
乗る
上車

お
降りる
下車

筆記區

は／ハ

0550

は
【歯】

名 牙齒
衍 した【舌】舌頭

29

例 寝る前に歯をみがきなさい。　睡覺前請刷牙。

0551

パーティー
【party】

名 派對
衍 おいわい【お祝い】祝賀

例 家族だけで誕生日パーティーをしました。

辦了只有家人參與的生日派對。

0552

〜はい
【〜杯】

接尾 〜碗（食物）；〜杯（飲料）→ 附錄「量詞」

例 あなたは1日に何杯コーヒーを飲みますか。　你1天喝幾杯咖啡呢？

0553

はいざら
【灰皿】

名 菸灰缸
衍 ライター【lighter】打火機

例 この辺に灰皿はありませんか。　這附近有菸灰缸嗎？

0554

はいる
【入る】

自I 進入；裝；上（大學等）
反 でる【出る】出去

例 冷蔵庫に物がたくさん入っています。　冰箱裡裝了好多東西。
例 彼女はおしゃれな店に入りました。　她進了1家很時髦的店。

0555

はがき
【葉書】

名 明信片
衍 てがみ【手紙】信

例 日本の友達からきれいな葉書をもらったことがあります。

我曾收過日本朋友寄來的美麗明信片。

0556

はく

他I 穿（褲、裙）
類 はく【履く】穿（鞋、襪）

例 彼女はいつもスカートをはいています。　她總是穿裙子。

0557
□
はこ
【箱】

图 箱子，盒子

例 冬の服はどの箱に入っていますか。

　　冬天的衣服放在哪個箱子裡呢？

0558
□
はさみ

图 剪刀　　　　　　　　　　　　→ 附錄「文具」
衍 ナイフ【knife】刀子／のり【糊】膠水

例 店の人がお肉を焼いてはさみで切ってくれました。

　　店裡的人幫我烤肉後用剪刀剪開。

0559
□
はし
【橋】

图 橋

例 橋を渡ると目の前にお寺が見えます。

　　過了橋，眼前看到了1座廟宇。

0560
□
はし
【箸】

图 筷子
衍 ナイフ【knife】刀／おさら【お皿】盤子

例 すみません。お箸はありますか？　不好意思，請問有筷子嗎？

餐具

お皿	スプーン	ナイフ	フォーク	ナプキン
盤子	湯匙	刀子	叉子	餐巾

0561 はじまる
【始まる】

自I 開始；發生
反 おわる【終わる】結束

例 授業は9時から始まります。　課從9點開始。

0562 はじめ
【初め・始め】

名 最初，開始
反 おわり【終わり】結束

例 秋の初めはまだ暑いです。　初秋還很熱。

例 日本語ははじめはやさしいですが、だんだん難しくなります。

日語剛開始很簡單，不過之後就逐漸變難。

0563 はじめて
【初めて】

副 初次，第一次

例 臭豆腐は初めて食べました。　我是第一次吃臭豆腐。

┌─ 出題重點 ─

▶搶分關鍵　はじめまして　初次見面

例 初めまして。チョウと申します。どうぞよろしくお願いします。

初次見面，我叫做チョウ。還請多多指教。
└─

0564 はじめに
【始めに】

副 首先，一開始
類 まず 首先

例 はじめに名前を書いてください。それから次の質問に答えてください。

首先請寫名字，然後再回答接下來的問題。

0565 はじめる
【始める】

他II 開始
衍 はじまる【始まる】開始

例 この町に引っ越して、1人暮らしを始めました。

搬到這個鎮上後，開始1個人生活。

0566 はしる
【走る】

自I 跑
衍 あるく【歩く】走

例 彼は毎朝学校まで走って行きます。　他每天早上都用跑的去學校。

0567 バス 　　名 巴士，公車　　→ 附錄「交通工具」
□ 【bus】　　衍 バスてい【バス停】公車站

例 今日のバスはとても混んでいます。　今天的公車很擁擠。

0568 パスポート 　　名 護照
□ 【passport】　　衍 ビザ【visa】簽證

例 パスポートを見せてください。　請出示護照。

0569 パソコン 　　名 個人電腦
□ 【personal computer】　　衍 タブレット【tablet】平板電腦

例 今私のパソコンは壊れています。　我的電腦現在壞掉了。

0570 バター 　　名 奶油
□ 【butter】　　衍 ジャム【jam】果醬

例 バターは牛乳から作ります。　奶油是由牛奶做的。

0571 はたち 　　名 20 歲
□ 【二十・二十歳】

例 日本では二十歳になったら、お酒を飲むことができます。
在日本，到了 20 歲就可以飲酒。

0572 はたらく 　　自I 工作
□ 【働く】　　衍 つとめる【勤める】任職，工作

例 夜はレストランで働きながら、大学に通っています。
晚上一邊在餐廳工作，一邊讀大學。

0573 はつか 　　名 20 號；20 天　　→ 附錄「日期」
□ 【二十日】　　衍 はたち【二十歳】20 歲

例 二十日に学校で生徒たちのコンサートを行います。みなさん、ぜひ聞きに来てください。
學校將於 20 日舉辦學生音樂會，請各位務必前來欣賞。

0574 はな
【花】

图 花，花朵
衍 さくら【桜】櫻花／ばら【薔薇】玫瑰

例 この花の名前を知っていますか。 你知道這種花的名字嗎？

0575 はな
【鼻】

图 鼻子
衍 みみ【耳】耳朵

例 鼻から血が出ていますよ。大丈夫ですか。

鼻血流出來了喔。還好嗎？

0576 はなし
【話】

图 說話，談話；話題；故事
衍 はなす【話す】說／いう【言う】說

例 日本人の友達から、先週の地震の話を聞きました。

從日本朋友那裡聽到上星期地震的事（話題）。

0577 はなす
【話す】

自他I 說，講；交談
類 かいわ【会話】對話

例 男の人と女の人が英語で話しています。

有個男人和女人正在用英語交談。

> 出題重點

▶文法　と 的用法

「と」可用來連接兩個名詞，等同中文「和」的意思。也可以表示引用，像是「〜と言う」或「〜と思う」，「と」前面接引用的內容。

例 兄は今日、学校を休むと言っていました。

哥哥說今天請假不去上學。

0578 はは
【母】

图 （稱自己的）母親，家母　→ 附錄「家人」
衍 おかあさん【お母さん】（稱別人的）媽媽

例 母は小学校の先生でした。 我母親以前是國小老師。

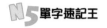
0579
はやい
【早い】

い形 早的；快的（時間）
反 おそい【遅い】慢的，遲的

例 ここから大学まで、バスとタクシーと、どちらが早いですか。

從這裡到大學，搭公車跟計程車哪一種比較快？

0580
はやい
【速い】

🔊 30

い形 快的（速度）
反 おそい【遅い】慢的，遲的

例 彼女は陸上の選手ですから足が速いです。

她是田徑選手，所以跑得很快。

0581
はやく
【早く】

副 早點，快點

例 今日は約束があるので、早く帰ります。

今天和別人有約，所以要早點回去。

0582
はらう
【払う】

他I 付（錢）
衍 しはらい【支払い】支付

例 カードで払うことができますか。　可以刷卡付款嗎？

0583
はる
【春】

名 春天
衍 きせつ【季節】季節／あき【秋】秋

例 春の北海道はまだ少し寒いです。　春季的北海道還有一點冷。

0584
はれる
【晴れる】

自II 晴，放晴
反 くもる【曇る】陰天　衍 はれ【晴れ】晴天

例 昨日は一日中ずっと晴れていました。　昨天一整天一直都是晴天。

天氣

晴れ	曇り	雨	雪	台風
晴天	陰天	雨天	下雪	颱風

0585
~はん
【~半】

接尾 ~半
衍 ちょうど【丁度】整（數量、時間）

例 台北から東京まで飛行機で2時間半かかります。

從臺北到東京，搭飛機要花2個半小時。

0586
ばん
【晩】

名 晩上
衍 あさ【朝】早上／ひる【昼】白天；中午

例 お薬は朝昼晩、1日に3回飲んでください。

這個藥請早午晚1天服用3次。

0587
~ばん
【~番】

接尾 ~號　　→ 附錄「量詞」
衍 ~ばんめ【~番目】第~號

例 9番のバスに乗ったら、駅に着きます。

搭9號公車的話會到車站。

0588
パン
【（葡）pão】

名 麵包　　→ 附錄「食物」
衍 トースト【toast】吐司

例 パンとごはんと、どちらにしますか。　麵包跟白飯要哪一種呢？

0589
ハンカチ
【handkerchief】

名 手帕
衍 ティッシュ【tissue】衛生紙

例 ハンカチを落としましたよ。　手帕掉了喔。

0590
ばんごう
【番号】

名 號碼
衍 ナンバー【number】號碼

例 彼女に電話番号を教えてもらいました。

向她要到了電話號碼。

0591
ばんごはん
【晩ごはん】

名 晩餐　　→ 附錄「食物」
衍 あさごはん【朝ごはん】早餐

例 月末だから、今日の晩ごはんはまたカレーだと父が言いました。

爸爸說因為月底了，所以今天的晚餐又是咖哩。

0592
□ パンツ
【pants】

名 褲子；內褲
衙 ズボン【(法)jupon】褲子

例 パンツを忘れましたから、コンビニに買いに行きます。

因為忘了帶內褲，我去便利商店買一下。

0593
□ はんぶん
【半分】

名・副 一半
衙 ぜんぶ【全部】全部／ばい【倍】倍

例 兄が荷物を半分持ってくれました。　哥哥幫我拿了一半的行李。

▶ひ／ヒ

0594
□ ピアノ
🔊 【(義)piano】
31

名 鋼琴
衙 バイオリン【violin】小提琴

例 2人でピアノを弾いて楽しみましょう。

2人一起愉快地彈鋼琴吧！

┌─ 出題重點 ─────────────────────┐

▶**文法　人數＋で**

人數加上助詞「で」可用來表示參與、構成人數。

例 友達5人で富士山に登る。

朋友5人一起去爬富士山。

└──────────────────────────┘

0595
□ ビール
【(荷)bier】

名 啤酒
衙 アルコール【alcohol】酒；酒精

例 有名なドイツのビール祭りでおいしいビールを飲みました。

在知名的德國啤酒節上喝了好喝的啤酒。

0596
□ ひがし
【東】

名 東，東方　　　　　　→ 附錄「方向、位置」
衙 にし【西】西／みなみ【南】南

例 アメリカは日本の東にあります。　美國位於日本東邊。

0597 ～ひき
【～匹】

接尾 ～隻（動物、昆蟲）；～條（魚）

例 お金持ちの伊藤さんは何匹も鯉を飼っています。

有錢的伊藤先生養了好幾隻的鯉魚。

0598 ひく
【引く】

他Ⅰ 得（感冒）；拉；牽
反 おす【押す】推

例 ボタンを押しながらレバーを引くと、ドアが開きます。

一邊按按鈕一邊拉桿，門就會開了。

例 風邪を引いて鼻水が止まりません。　得了感冒，鼻水不停地流。

出題重點

▶固定用法　風邪を引く　感冒

感冒症狀

咳が出る
咳嗽

熱がある／熱が出る
發燒

鼻水が出る
流鼻水

頭が痛い
頭痛

0599 ひく
【弾く】

他Ⅰ 彈，彈奏
彻 ピアノ【piano】鋼琴

例 誰かがバイオリンを弾いています。　有人在拉小提琴。

0600 ひくい
【低い】

い形 低的；矮的
反 たかい【高い】高的

例 この椅子は低いです。少し高くしてください。

這張椅子太低了。請調高一點。

0601
□ ひこうき
【飛行機】
名 飛機 → 附錄「交通工具」
衍 くうこう【空港】機場

例 ヨーロッパまで飛行機で１２時間かかります。

搭飛機到歐洲要花１２小時。

0602
□ ひだり
【左】
名 左 → 附錄「方向、位置」
反 みぎ【右】右 衍 ひだりがわ【左側】左邊

例 横断歩道を渡る時、左手を挙げますか。右手を挙げますか。

過斑馬線時是舉起左手，還是右手呢？

0603
□ ビデオ
【video】
名 錄影帶；影片

例 今、去年撮ったビデオを見ています。

現在正在看去年拍的影片。

0604
□ ひと
【人】
名 人，人類；別人
衍 にんげん【人間】人／どうぶつ【動物】動物

例 人が見ていますよ。恥ずかしいことはやめてください。

別人在看喔！請別再做丟臉的事了。

0605
□ ひとつき
【一月】
副・名 １個月
類 いっかげつ【一か月】１個月

例 日本に来てまだ一月です。 才到日本１個月而已。

0606
□ ひとり
【一人】
名 １人；自己，１個人 → 附錄「量詞」
衍 ふたり【二人】２人

例 一人で旅行しています。 １個人旅行。

0607
□ ひま（な）
【暇（な）】
名・な形 閒暇，空閒時間；有空的
衍 やすみ【休み】休假，休息

例 忙しくて本を読む暇がありません。 忙到沒有看書的時間。

0608
□ びょういん
【病院】
名 醫院
衍 かんごし【看護師】護理師

例 私はこの古い病院で生まれました。 我是在這間老醫院誕生的。

| びょういん
病院
醫院 | いしゃ
医者
醫生 | きゅうきゅうしゃ
救急車
救護車 | ちゅうしゃき
注射器
針筒 |

0609
□

びょうき
【病気】

名 生病，疾病

衍 かぜ【風邪】感冒／せき【咳】咳嗽

例 姉はおととい病気で一日 中 寝ていました。

姊姊前天因為生病而睡了一整天。

0610
□

ひらがな
【平仮名】

名 平假名

衍 たんご【単語】單字／かんじ【漢字】漢字

例 平仮名は片仮名より簡単です。　平假名比片假名簡單。

0611
□

ひる
【昼】

名 中午；白天

反 よる【夜】／ばん【晩】晚上，夜晚

例 今日のお昼は、何を食べますか。　今天午餐要吃什麼？

例 彼は、昼は会社員で、夜はコンビニでバイトをしています。

他白天在公司上班，晚上在超商打工。

出題重點

▶搶分關鍵　お昼

「昼」經常作美化語「お昼」使用，為「午餐」的意思。但若當作「夜」
的反義詞「白天」解釋時，一般不作美化語。

▶文法　～は～は

這裡的「は」屬於對比的用法，舉出兩件不同的事物來互相比較。

0612
□

ひるやすみ
【昼休み】

名 午休

衍 やすみじかん【休み時間】休息時間

例 彼女は昼休みにいつも漫画を読んでいます。

午休的時候她總是在看漫畫。

0613 ビル
【building】

名 大樓，大廈
衍 たてもの【建物】建築物

例 日本で一番高いビルはどこですか。　日本最高的大樓在哪呢？

0614 ひろい
【広い】

い形 寬的；廣大的
反 せまい【狭い】窄的

例 あの家には広い庭があります。　那棟房子有廣大的院子。

ふ／フ

0615 ふうとう
【封筒】

32

名 信封
衍 てがみ【手紙】信／きって【切手】郵票

例 この封筒の中に、10 年後の自分への手紙が入っています。

這個信封裡裝的是給 10 年後自己的信。

郵局

手紙
信

小包
包裹

ポスト
郵筒

葉書
明信片

0616 フォーク
【fork】

名 叉子
衍 ナイフ【knife】刀子／おはし【お箸】筷子

例 彼はナイフとフォークしか使うことができません。　他只會用刀叉。

0617 ふく
【吹く】

自I 吹拂，颳
反 やむ【止む】停止（風吹）

例 涼しい風が吹いています。気持ちがいいです。　涼風吹拂，很舒服。

0618 ふく
【服】

名 衣服
衍 シャツ【shirt】襯衫

例 脱いだ服を片づけてください。　請收拾好脫下的衣服。

0619
□

ぶた
【豚】

名 豬
衍 ぶたにく【豚肉】豬肉

例 友人が豚肉でとんかつを作ってくれました。

朋友用豬肉做了炸豬排給我。

0620
□

ふとい
【太い】

い形 粗的；胖的
反 ほそい【細い】細的；瘦的

例 太い麺で作ったカレーうどんが好きです。

我喜歡粗麵做的咖哩烏龍麵。

┌─ 出題重點 ──────────────────────────┐

▶搶分關鍵　描述人的體重

當要說某人很胖的時候，不可以用形容詞「太い」描述，而是要使用「太
る」這個動詞的「Ｖ－ています」形。
（×）彼は太いです。　（日文不存在此說法）
（○）彼は太っています。　他很胖。

└────────────────────────────────┘

0621
□

ふとん
【布団】

名 被子，棉被
衍 ベッド【bed】床

例 部屋に布団がしいてあります。　房間裡鋪著棉被。

0622
□

ふね
【船・舟】

名 船
→ 附錄「交通工具」

例 船に乗ると、いつも気分が悪くなります。　一搭船總是會不舒服。

┌─ 出題重點 ──────────────────────────┐

▶搶分關鍵　気分 VS 気持ち

「気持ちがいい」指身體感到舒服、舒適，例如按摩肩膀覺得舒服。「気
持ちが悪い」可指心理或生理上的不舒服，例如看到討厭的東西或喝醉酒
想吐。「気分がいい」指心理上的愉悅，例如天氣晴朗所以心情好。「気
分が悪い」則指生理上的不適或心情不好，例如被罵而心情差。

└────────────────────────────────┘

0623 □
ふべん（な）
【不便（な）】

な形 不便的，不方便的

反 べんり（な）【便利（な）】方便的

例 この大学は、駅から遠いですから、不便です。

因為這所大學離車站很遠，交通不方便。

0624 □
ふゆ
【冬】

名 冬天

衍 きせつ【季節】季節

例 弟 は冬に生まれました。 弟弟是在冬天出生的。

0625 □
ふる
【降る】

自I 降，下（雨、雪、霜）

反 やむ【止む】停止

例 私 は雪が降らない国に住みたいです。 我想住在不會下雪的國家。

0626 □
ふるい
【古い】

い形 舊的；不新鮮的

反 あたらしい【新しい】新的

例 彼はフランスの古い映画が好きです。 他很喜歡法國的老電影。

例 この 魚 は古いですから、食べないでください。

這魚放久了不新鮮，所以請不要吃。

0627 □
プレゼント
【present】

名・他III 禮物；送禮

衍 おみやげ【お土産】伴手禮

例 母の日に何をプレゼントしますか。 母親節你要送什麼禮物？

0628 □
ふろ
【風呂】

名 泡澡；浴缸；浴室

衍 シャワー【shower】淋浴

例 毎日お風呂に入ってから寝ます。 每天洗澡後睡覺。

0629 □
〜ふん
【〜分】

接尾 〜分（時刻）；〜分鐘（時間長度）

例 遅くなってすみません。あと１５分でそちらに着きます。

不好意思我遲到了，再15分鐘就會到你那邊。

へ／ヘ

0630 ～ページ
【page】

接尾 頁；頁數
衍 プリント【print】印刷；印刷品；講義

33 例 １　２５ページを見てください。　請看第 125 頁。

0631 へた（な）
【下手（な）】

な形 不擅長
反 じょうず（な）【上手（な）】擅長

例 私 は料理が下手だけど、一 生 懸 命 作ったから食べて。

雖然我不擅長做菜，但這是我努力做出來的，所以吃吃看吧。

0632 ベッド
【bed】

名 床
衍 ふとん【布団】被子

例 猫がベッドで寝ています。　貓正在床上睡覺。

0633 べつべつ（に）
【別々（に）】

名・副 各自，分開
反 いっしょ（に）【一緒（に）】一起

例 食 事をしたとき、日本ではいつも別々に払います。

在日本，吃飯時總是各付各的。

0634 へや
【部屋】

名 房間
衍 しんしつ【寝室】寝室／わしつ【和室】和室

例 私 は自分の部屋がありません。兄 弟といっしょの部屋です。

我沒有自己的房間。只有跟兄弟姊妹住一間的房間。

0635 ～へん
【～辺】

名 附近，一帶（無法單獨使用，需加修飾語）
類 あたり【辺り】附近

例 あのう、この辺にドラッグストアはありませんか。

請問，這附近有沒有藥妝店呢？

0636 ペン
【pen】

名 筆（泛指原子筆等墨水筆）
衍 ふでいれ【筆入れ】筆袋

例 テストに答えを書く時、青ペンを使わないでください。鉛筆かシャーペンを使ってください。

考試作答時，請不要使用藍筆。請使用鉛筆或是自動鉛筆。

151

文具

鉛筆	蛍光ペン	ボールペン	シャープペンシル
（えんぴつ）	（けいこう）		（シャーペン）
鉛筆	螢光筆	原子筆	自動鉛筆

0637
☐
べんきょう
【勉強】

名・他Ⅲ 唸書，學習

彷 けんきゅう【研究】研究

例 私は小学校3年生から英語の勉強をしています。

我從小學3年級開始學英語。

0638
☐
べんり（な）
【便利（な）】

な形 便利，方便的

反 ふべん（な）【不便（な）】不便的

例 この辺にはコンビニやスーパーもあります。バス停も近いですから、とても便利です。

這附近有便利商店跟超市。連公車站也在附近，真的非常方便。

▌ほ／ホ

0639
☐
🔊
34
〜ほう

名 方面；方向（無法單獨使用，需加修飾語）

例 豚肉より牛肉のほうが好きです。　跟豬肉比起來，我比較喜歡牛肉。

出題重點

▶文法　AよりBのほうが　比起A，B比較〜

用來比較兩者。要特別注意比較物和被比較物的擺放位置，A為被比較物。

例 彼は日本語より英語のほうが得意です。

比起日文，他比較擅長英文。

0640 ぼうし
【帽子】
名 帽子
衍 ヘルメット【helmet】安全帽

例 今日は彼氏のくれた帽子をかぶってデートに行きます。

今天戴著男朋友給我的帽子去約會。

0641 ボールペン
【ball-point pen】
名 原子筆 → 附錄「文具」
衍 ペン【pen】筆／えんぴつ【鉛筆】鉛筆

例 青いボールペンでサインしてもいいですか。

可以用藍色原子筆簽名嗎？

0642 ほか
【他】
名 別的，其他；他處
衍 べつ【別】別的／そのた【その他】其他

例 この店はほかの店と違って、家庭的です。

這間店和其他的店不一樣，有家的感覺。

0643 ポケット
【pocket】
名 口袋

例 ポケットの中には家族の写真が1枚だけ入っていました。

口袋裡只放了1張家人的照片。

0644 ほしい
【欲しい】
い形 想要

例 A：誕生日に何がほしい？　你生日想要什麼呢？
　B：スマホ！　智慧型手機！

出題重點

▶文法辨析　たい VS ほしい

V―ます＋たい：說話者想要做某動作。

例 もっと本を読みたいです。

　　我想看更多書。

V－てほしい：希望他人做某動作。

例 このことを知ってほしいです。　想要你知道這件事。

N がほしい：想要某件物品。

例 自分の自転車が欲しいです。　我想要有自己的腳踏車。

0645 □ **ポスト**
【post】

名 郵筒
衍 ゆうびんきょく【郵便局】郵局

例 手紙を出したいです。ポストはどこですか。

　　我想要寄信。郵筒在哪裡呢？

0646 □ **ほそい**
【細い】

い形 細的；瘦的
反 ふとい【太い】粗的；胖的

例 魚の骨に気をつけてください。さんまの骨は細くて多いですから。

　　請小心魚刺，因為秋刀魚的骨頭又細又多。

出題重點

▶固定用法　〜に＋気をつける　小心，注意

0647 □ **ボタン**
【button】

名 按鈕；鈕釦
衍 スイッチ【switch】開關

例 どちらのボタンを押しますか。赤ですか。青ですか。

　　要按哪一個按鈕呢？紅的呢？還是藍的呢？

0648 □ **ホテル**
【hotel】

名 西式旅館，飯店
衍 りょかん【旅館】日式旅館

例 留学時代、箱根のホテルでバイトしたことがあります。

　　留學的時候曾在箱根的飯店打工過。

0649 □

ほん
【本】

名 書，書籍
衍 しょうせつ【小説】小説

例 趣味は本を読んだり、映画を見たりすることです。

我的興趣是讀書跟看電影。

書本

辞書
字典

ノート
筆記本

教科書
教科書

雑誌
雑誌

0650 □

ほんとう
【本当】

名 真正；真的
反 うそ【嘘】謊言；假的

例 A：私の国ではＡＴＭを使うとき、お金がかかりません。

在我的國家，使用 ATM 不用花錢。

B：本当ですか！ 真的嗎？

出題重點

▶搶分關鍵 ほんとうに 真的

例 1人で本当に大丈夫ですか。 1個人真的沒問題嗎？

0651 □

ほんや
【本屋】

名 書店
衍 ふるほんや【古本屋】二手書店

例 本屋で飲み物を飲まないでください。 請不要在書店裡喝飲料。

▶ま／マ

0652
□
🔊
35

〜まい
【〜枚】

接尾 〜張；〜幅；〜件 → 附錄「量詞」

例 大阪に行く切符を２枚ください。　請給我２張到大阪的車票。

0653
□

まいあさ
【毎朝】

名・副 每天早上 → 附錄「時間副詞」
衍 まいばん【毎晩】每晚

例 毎朝愛犬と散歩してから会社に行きます。

每天早上跟愛犬散歩後才去公司。

0654
□

まいしゅう
【毎週】

名・副 每星期 → 附錄「時間副詞」
衍 こんしゅう【今週】這星期

例 毎週１回のサークルの時間が楽しみです。

很期待每星期１次的社團時間。

0655
□

まいつき
【毎月】

名・副 每個月 → 附錄「時間副詞」
衍 こんげつ【今月】這個月

例 毎月母から台湾のお菓子を送ってもらいます。

每個月都會收到媽媽寄來的臺灣點心。

0656
□

まいとし
【毎年】

名・副 每年 → 附錄「時間副詞」
衍 きょねん【去年】去年

例 毎年この島では女の人だけのお祭りがあります。

這座島上每年都會舉辦只限女性參加的祭典。

0657
□

まいばん
【毎晩】

名・副 每晚 → 附錄「時間副詞」
衍 まいあさ【毎朝】每天早上

例 仕事から帰ってから、毎晩ジョギングしています。

每晚下班回家後都會慢跑。

0658
□

まえ
【前】

名 前面；之前，以前 → 附錄「方向、位置」
反 あと之後／うしろ【後ろ】後面

例 ドアの前に立ってください。　請站在門前。

0659
☐ まがる
【曲がる】

自I 轉彎
衍 まっすぐ【真っ直ぐ】筆直地

例 次の角を右に曲がってください。　請在下一個轉角右轉。

0660
☐ まずい

い形 難吃的
反 おいしい 好吃的

例 こんなにまずいケーキは今まで食べたことがありません。

沒吃過這麼難吃的蛋糕。

0661
☐ また

副 又，再
類 もういちど【もう一度】再一次

例 明日また来るから、心配しないで。

我明天會再來，別擔心。（朋友間的對話）

0662
☐ まだ

副 尚未，還沒；還
反 もう 已經

例 A：この言葉はもう習いましたか。　這個字已經學過了嗎？

　 B：まだです。　還沒。

0663
☐ まち
【町・街】

名 城鎮；街道
反 いなか【田舎】鄉下

例 夏休みに四国の町を観光しました。　暑假的時候遊覽了四國的城鎮。

0664
☐ まつ
【待つ】

他I 等，等待

例 しばらくお待ちください。　請暫且稍等片刻。

0665
☐ まっすぐ
【真っ直ぐ】

副・な形 直直地，筆直地
衍 まがる【曲がる】彎曲；轉彎

例 この道をまっすぐ行ってください。駅はすぐそこにあります。

請順著這條路直走，馬上就會到車站了。

0666
☐ ～まで

> 助 到～
> 衍 ～から 従～

例 ここから東京（とうきょう）ドームまで、１５分（じゅうごふん）ぐらいです。

從這裡到東京巨蛋大概要 15 分鐘。

例 夜（よる）１１時（じゅういちじ）から朝（あさ）８時（はちじ）まで寝（ね）ました。

從晚上 11 點睡到早上 8 點。

0667
☐ ～までに

> 連語 在～之前；到～為止（期限）

例 朝（あさ）起（お）きてから出（で）かけるまでにすることがたくさんあります。

早上從起床到出門前，有很多事要做。

出題重點

▶ **詞意辨析　まで VS までに**

「まで」用來表示動作一直持續到某時間點才結束，「までに」則表示在某時間點之前完成某個瞬間動作，沒有持續的含意。

例 朝（あさ）７時（しちじ）まで寝（ね）ました。　睡到早上 7 點。

例 夜（よる）、１０時（じゅうじ）までに帰（かえ）ります。　晚上 10 點之前回去。

0668
☐ まど
【窓】

> 名 窗戶
> 衍 ドア【door】門

例 ドアも窓（まど）も開（あ）けて、きれいな空気（くうき）を入（い）れましょう。

打開門窗，讓新鮮的空氣流進來吧。

0669
☐ まる
【丸】

> 名 圓；OK
> 衍 まるい【丸い】圓的

例 A：丸（まる）は「空（あ）きがある」という意味（いみ）です。バツは「空（あ）きがない」という意味（いみ）です。

圓圈代表「有空位」的意思，叉叉代表「沒有空位」的意思。

B：じゃあ、三角（さんかく）はどんな意味（いみ）ですか。　那三角形是什麼意思呢？

▼み／ミ

0670
☐
🔊
36

みがく
【磨く】

他Ⅰ 刷（牙）
衍 あらう【洗う】洗

例 ちゃんと歯を磨かないと虫歯になりますよ。

不好好刷牙的話會蛀牙喔。

> 出題重點

▶固定用法　虫歯になる　蛀牙

也可以說「虫歯ができる」。

0671
☐

みかた
【見方】

名 看～的方法；看法
衍 かんがえかた【考え方】想法

例 地図の見方がわかりません。　我不知道怎麼看地圖。

> 出題重點

▶搶分關鍵　V―ます＋方　～的方法

除了上述單字之外，常見的還有「やり方」（做法）和「読み方」（唸法）
等等。

0672
☐

みぎ
【右】

名 右　　　　　　→ 附錄「方向、位置」
反 ひだり【左】左　衍 みぎがわ【右側】右邊

例 妹 は右手より左 手のほうが長いです。

妹妹的左手比右手長。

0673
☐

みじかい
【短い】

い形 短的
反 ながい【長い】長的

例 昼休みは 短 いので、よくおにぎりを買います。

因為午休很短，所以我很常買飯糰。

0674
☐

みず
【水】

名 水
衍 おゆ【お湯】熱水

例 すみません。水をもう１杯ください。　不好意思，請再給我１杯水。

0675
みせ
【店】
名 商店，店舗
類 ショップ【shop】店

例 池袋駅の前に店がたくさん並んでいます。

池袋車站前林立著很多商店。

0676
みせる
【見せる】
他Ⅱ 給人看；出示
衍 みえる【見える】能看見

例 こんな下手な作品を人に見せることはできません。

我無法給別人看這麼糟糕的作品。

0677
みち
【道】
名 路
衍 とおり【通り】馬路

例 道にゴミを捨ててはいけません。　不能在路上丟垃圾。

0678
みどり
【緑】
名 緑色；樹木
衍 みどりいろ【緑色】緑色

例 町の北側は緑が多いです。　鎮上的北側有很多樹木。

0679
みなさん
【皆さん】
名・代 各位，大家
類 みなさま【皆様】各位

例 みなさん、ここは台北101ビルです。

各位，這裡就是臺北101。

0680
みなみ
【南】
名 南，南方　　　　　　　→ 附錄「方向、位置」
衍 ひがし【東】東／にし【西】西

例 台湾は日本の南にあります。　臺灣在日本的南方。

0681
みみ
【耳】
名 耳朵　　　　　　　　　→ 附錄「身體」
衍 はな【鼻】鼻子／くち【口】嘴巴

例 彼女は耳にピアスをしています。　她在耳上戴了耳環。

0682 みる
【見る】

他II 看
衍 みせる【見せる】給人看

例 昨日見たアニメはおもしろかったです。

我昨天看的動畫很有趣。

0683 みんな

代・副 大家；全部
衍 どれも 每個／どちらも 每個

例 誕生日にみんなで写真をとりました。 生日時大家一起照了相。

出題重點

▶詞意辨析　どれ VS どちら

這兩個疑問詞的中文都有「哪個」之意，差別在於「どれ」用於三者以上

做選擇時，「どちら」則用於兩者當中擇一的時候。

例 お茶と紅茶とコーヒーと、どれがいいですか。

綠茶、紅茶和咖啡，哪個比較好呢？（不可用「どちら」）

例 春と秋と、どちらが好きですか。

春天和秋天，你比較喜歡哪個呢？（不可用「どれ」）

▼む／ム

0684 むこう
【向こう】

名 對面
反 こっち 這裡／こちら 這邊

例 駅の向こうに病院があります。 車站對面有間醫院。

0685 むずかしい
【難しい】

い形 難的，困難的
反 やさしい【易しい】容易的

例 日本語の敬語は難しすぎます。 日語的敬語太難了。

0686 むだ（な）
【無駄（な）】

名・な形 浪費的，沒用的，多餘的
衍 いる【要る】需要

例 またむだなお金を使いました。 又白花了錢。

▼め／メ

0687
め
【目】

名 眼睛 → 附錄「身體」
衍 みみ【耳】耳朵

例 私は目がいいので、メガネをかけたことがありません。

因為我的眼睛很好，所以沒有戴過眼鏡。

0688
めいし
【名刺】

名 名片
衍 めいしいれ【名刺入れ】名片夾

例 中村さんに名刺をもらいました。 從中村小姐那邊收到了名片。

0689
～メートル
【(法)mètre】

接尾 公尺
衍 キロ 公里／センチ 公分／ミリ 公釐

例 頑張れ！あと50メートルでゴールだ！

加油！再50公尺就到達終點了。

0690
メール
【mail】

名・他Ⅲ 電子郵件
衍 メッセージ【message】訊息

例 今夜、メールしてくださいね。 今天晚上發電子郵件給我哦。

0691
めがね
【眼鏡】

名 眼鏡 → 附錄「服飾配件」
衍 コンタクト【contact lens】隱形眼鏡

例 授業の時、めがねをかけますが、いつもはかけません。

上課時雖然會戴眼鏡，但平常不會戴。

0692
メッセージ
【message】

名 留言，訊息

例 そのメッセージをもう一度読んでください。

請再讀一遍那則訊息。

0693
メモ
【memo】

名・他Ⅲ 備忘錄；便條；作筆記
衍 ノート【note】筆記

例 話を聞きながら、大切なところをメモしました。

一邊聽一邊把重要的事作成筆記。

も／モ

0694 もう
☐
🔊
39

副 已經；再
反 まだ 還沒

例 牛乳は全部飲みました。もうありません。

牛奶都喝完了，已經沒有了。

0695 もういちど
☐ 【もう一度】

副 再1次
類 もういっかい【もう一回】再1次

例 すみません、もう一度言ってください。

不好意思，請再說一遍。

0696 もうす
☐ 【申す】

他I 說；叫做（常使用ます形）
類 いう【言う】說

例 初めまして、陳と申します。どうぞよろしくお願いします。

初次見面，我叫做陳。還請多多指教。

0697 もうすぐ
☐

副 將要，快要
類 まもなく【間もなく】將要，馬上

例 日本に来て、もうすぐ半年になります。　來日本快半年了。

0698 もくようび
☐ 【木曜日】

名・副 星期四　　　　　→ 附錄「星期」
衍 きんようび【金曜日】星期五

例 毎週木曜日にサークルの練習があります。

每星期四有社團的練習。

0699 もしもし
☐

感 喂（打電話時使用）
衍 あのう 那個（客氣地叫住對方）

例 もしもし、すみませんが、長谷川さんをお願いします。

喂？不好意思，麻煩請找長谷川先生。

0700 もちろん
□ 　　　　　　　　　　　　副 當然

例 もちろんコミュニケーションは<ruby>大切<rt>たいせつ</rt></ruby>なことです。

　溝通當然是很重要的事。

0701 もつ
□ 【持つ】
他Ⅰ 拿；帶；擁有
衍 すてる【捨てる】丟棄

例 <ruby>兄<rt>あに</rt></ruby>に<ruby>荷物<rt>にもつ</rt></ruby>を<ruby>1<rt>ひと</rt></ruby>つ<ruby>持<rt>も</rt></ruby>ってもらいました。　哥哥幫我拿了件行李。

例 ノートパソコンを<ruby>持<rt>も</rt></ruby>っている<ruby>留学生<rt>りゅうがくせい</rt></ruby>が<ruby>多<rt>おお</rt></ruby>いです。

　很多留學生擁有筆電。

0702 もっていく
□ 【持っていく】
他Ⅰ 帶去（東西）
衍 つれていく【連れていく】帶去（人）

例 <ruby>明日<rt>あした</rt></ruby>のパーティーですが、<ruby>私<rt>わたし</rt></ruby>はビールを<ruby>持<rt>も</rt></ruby>っていきます。

　明天的派對，我會帶啤酒過去。

出題重點

▶文法　N ですが

助詞「が」一般多用來接續對立、相反的語句（逆接），不過在這裡是單純連接前後兩句的用法。

例 <ruby>今日<rt>きょう</rt></ruby>のミーティングですが、いい<ruby>意見<rt>いけん</rt></ruby>があまり<ruby>出<rt>で</rt></ruby>ませんでしたね。

　關於今日的會議，沒有提出什麼好的意見呢。

0703 もってくる
□ 【持ってくる】
他Ⅲ 帶來（東西）
類 つれてくる【連れてくる】帶來（人）

例 <ruby>外<rt>そと</rt></ruby>は<ruby>大雨<rt>おおあめ</rt></ruby>ですよ。<ruby>傘<rt>かさ</rt></ruby>を<ruby>持<rt>も</rt></ruby>ってきましたか。

　外面在下著大雨喔，你有帶傘來嗎？

0704 もっと
□ 　　　　　　　　　　　　副 更加
衍 もうすこし【もう少し】再稍微

例 もっと<ruby>食<rt>た</rt></ruby>べてください。まだまだありますから。

　再多吃一點，還有很多呢！

0705 □
もの
【物】

名 物品，東西（抽象概念），事物

例 昨日_{きのう}行ったおみやげ屋_やさんにはいろいろな物_{もの}がありました。

昨天去的伴手禮店有很多東西。

0706 □
もらう
【貰う】

他I 得到，收到
反 くれる 給（我）／あげる 給

例 旅行 中_{りょこうちゅう}の友達_{ともだち}から絵葉書_{えはがき}をもらいました。

收到正在旅行的朋友寄來的風景明信片。

```
出題重點
```

▶**文法　授受動詞**

以下兩例句意思相同，不過要注意句子裡的小主語不一樣，一個為爸爸，

一個為被省略的我。

例 その猫_{ねこ}は、誕 生 日_{たんじょうび}に父_{ちち}がくれました。

例 その猫_{ねこ}は、誕 生 日_{たんじょうび}に父_{ちち}にもらいました。

那隻貓是生日時爸爸給我的。

0707 □
もん
【門】

名 大門，門
衍 ドア【door】門

例 東_{ひがし}の門_{もん}から入_{はい}ってください。　請從東邊的門進來。

0708 □
もんだい
【問題】

名 試題；問題
衍 トラブル【trouble】困難

例 このスケジュールには問題_{もんだい}があります。　這個日程表有問題。

▶ や／ヤ

0709
□
🔊
40

～や
【～屋】

接尾 ～店
衍 やおや【八百屋】蔬果店

例 お腹が痛いです。この近くに薬屋はありますか。

肚子好痛。這附近有藥房嗎？

0710
□

やくそく
【約束】

名・他Ⅲ 約定
衍 けいやく【契約】契約

例 今日は１９時から約束があるので、お先に失礼します。

今天晚上７點還有約，所以我先失陪了。

0711
□

やくにたつ
【役に立つ】

自Ⅰ 有幫助，有用
衍 べんり（な）【便利（な）】方便的

例 レポートを書く時、ノートパソコンはとても役に立ちます。

在做報告時，筆電真的很有用。

0712
□

やさい
【野菜】

名 蔬菜
衍 くだもの【果物】水果

例 野菜の中で、キャベツが一番好きです。　蔬菜裡最喜歡高麗菜。

蔬菜

カボチャ	キャベツ	人参	トマト	玉ねぎ
南瓜	高麗菜	紅蘿蔔	番茄	洋蔥

0713
□

やさしい
【易しい】

い形 容易的，簡單的
反 むずかしい【難しい】難的

例 すみません。やさしい日本語でもう一度言ってください。

不好意思，請用簡單的日文再說一遍。

0714
□ やすい
【安い】

い形 便宜的
反 たかい【高い】貴的

例 この椅子は安くて丈夫です。　這張椅子便宜又耐用。

出題重點

▶詞意辨析　やすい VS V—ます＋やすい

形容詞「やすい」的中文為便宜，本身並沒有「簡單、容易」的意思，但將動詞的ます形去「ます」接「やすい」時，為容易從事某動作之意，要特別注意不要將兩者的意思及用法搞混。

0715
□ やすみ
【休み】

名 休息；放假
衍 きゅうけい【休憩】休息

例 今日は土曜日ですから、学校の食堂は休みです。

今天因為是星期六，學校的餐廳沒有開。

0716
□ やすむ
【休む】

自他I 休息；請假
反 はたらく【働く】工作

例 薬を飲んで休んでください。　請吃藥休息一下。
例 昨日は風邪で会社を休みました。　昨天因為感冒，請假沒去上班。

出題重點

▶慣用　おやすみなさい　晚安

用於就寢前，或是晚上與人告別的時候。

0717
□ やちん
【家賃】

名 房租

例 家賃は5日までに払わなければなりません。

必須在5號之前繳房租。

0718 やっぱり

副 還是；果然（口語說法）
類 やはり 果然

例 A：帰りにちょっとコーヒーでも飲みませんか。

回家的路上要不要去喝杯咖啡呢？

B：いいですね。でもやっぱり帰ります。明日は朝早く出かけなければ

なりませんから。

不錯耶。但我還是回家好了，因為明天還要早起出門。

0719 やま
【山】

名 山
衍 もり【森】森林／うみ【海】海

例 高橋さんは今、山に登っていると思います。

我想高橋小姐現在正在爬山。

0720 やめる
【止める】

他Ⅱ 戒（菸酒）；停止
衍 とまる【止まる】停下

例 健康に悪いですから、1年前に私はたばこをやめました。

因為對健康不好，1年前我就把菸戒了。

─ 出題重點 ─

▶詞意辨析　やめる VS とめる VS やむ

三者中文都可譯為停止，差別在於「やめる」指停下自己的動作，「とめ

る」為讓某物停止，「やむ」可以用來描述自然現象（下雨、下雪）的停止。

例 おしゃべりを止めました。　停止聊天。

例 車を止めてください。　請把車子停下來。

例 雨が止みました。　雨停了。

0721 やる

他Ⅰ 做；給
類 する 做

例 やることがないので、とても暇です。

沒有要做的事，所以很閒。

▼ ゆ／ユ

0722
☐
🔊
41
ゆうがた
【夕方】

名・副 傍晚
衍 よる【夜】夜晚

例 夕方までに帰るから、待っててね。

我會在傍晚之前回來的，等我喔。

0723
☐
ゆうはん
【夕飯】

名 晚餐
類 ばんごはん【晩ごはん】晚餐

例 今日は夫に夕飯を作ってほしいです。　今天希望丈夫煮晚餐。

0724
☐
ゆうびんきょく
【郵便局】

名 郵局
衍 ゆうびんばんごう【郵便番号】郵遞區號

例 郵便局に行く前にちょっと本屋に行きます。

去郵局前先去一下書店。

0725
☐
ゆうべ

名・副 昨晚
類 さくや【昨夜】昨晚

例 台風はゆうべ沖縄の方へ行きました。

昨晚颱風往沖繩的方向去了。

┌─ 出題重點 ─────────

▶文法　へ　往～

「へ」在這裡表示前往的方向。
└────────────────

0726
☐
ゆうめい（な）
【有名（な）】

な形 有名的，出名的

例 このホテルは有名です。みんな知っています。

這間飯店很有名，大家都知道。

0727
☐
ゆき
【雪】

名 雪
衍 こおり【氷】冰／ふる【降る】下（雪）

例 今年は雪が少なかったです。　今年的雪很少。

0728
□

ゆっくり

副・自Ⅲ 悠閒地，慢慢地，好好地

例 あしたは休みですから、ゆっくり休みたいです。

明天放假，所以我想好好休息。

▶よ／ヨ

0729
□

🔊
42

ようじ
【用事】

名（必須做的）事情

例 これから用事がありますから、出かけなければなりません。

因為接下來有事情，必須出門。

0730
□

よく

副 經常；好好地；很，非常
衍 ときどき【時々】有時／いつも 總是

例 休みの日はよく映画を見に行きます。　放假時經常去看電影。
例 よく見てください。私の目の色は薄いでしょう？

請仔細看。我眼睛的顏色很淡吧。

0731
□

よこ
【横】

名 旁邊；橫　　　　　　　　　→ 附錄「方向、位置」
衍 たて【縦】豎，縱

例 金額の横にサインをお願いします。　請在金額的旁邊簽名。

0732
□

よぶ
【呼ぶ】

他Ⅰ 呼叫；叫（人）來；叫做

例 夜 12時になっても友達が戻りません。警察を呼びましょう。

已經晚上12點了但是朋友還沒回來。我們叫警察吧。

0733
□

よむ
【読む】

他Ⅰ 閱讀；朗讀
衍 かく【書く】寫

例 姉は新聞を読みません。　姉姉不看報紙。

0734
□

よやく
【予約】

名・他Ⅲ 預約，預訂
反 キャンセル【cancel】取消

例 もうホテルを予約しましたか。　已經預約飯店了嗎？

0735 よる
【夜】

名・副 夜晚

反 ひる【昼】白天；中午／あさ【朝】早上

例 この辺は夜になると暗いですから、あまり外に出ません。

這附近一到晚上就很暗，所以我很少出門。

0736 よわい
【弱い】

い形 弱的

反 つよい【強い】強的

例 ここは電波が弱いので、インターネットができません。

因為這裡訊號很微弱，所以無法上網。

筆記區

▌ら／ラ

0737
□
🔊
43
らいげつ
【来月】

名・副 下個月 → 附錄「時間副詞」

衍 こんげつ【今月】這個月

例 明日、国に帰ります。また来月戻ります。

我明天要回國，下個月會再回來。

0738
□
らいしゅう
【来週】

名・副 下星期 → 附錄「時間副詞」

衍 こんしゅう【今週】這星期

例 来週の放送が楽しみです。　我很期待下星期的播出。

0739
□
らいねん
【来年】

名・副 明年 → 附錄「時間副詞」

衍 ことし【今年】今年／きょねん【去年】去年

例 来年、子供が生まれます。女の子です。

小孩預計明年出生，是個女孩子。

▌り／リ

0740
□
🔊
44
りっぱ（な）
【立派（な）】

な形 豪華的，氣派的；優秀的

衍 すばらしい【素晴らしい】出色的

例 あそこに見える立派な建物は市役所です。

那邊那棟氣派的建築是市政府。

0741
□
りゅうがくせい
【留学生】

名 留學生

衍 りゅうがく【留学】留學

例 留学生時代、いろいろな人にお世話になりました。

留學生時期受到很多人關照。

0742
□
りょうきん
【料金】

名 費用

衍 むりょう【無料】免費

例 今月の携帯電話の料金はいつもより高かったです。

這個月的手機通話費比平常還貴。

0743
りょうしん
【両親】

名 雙親，父母

衍 おや【親】父母／おやこ【親子】親子

例 ご両親はお元気ですか。　您的父母都還好嗎？

0744
りょうり
【料理】

名・他Ⅲ 料理，菜餚；做菜

衍 おかず 配菜

例 祖母の家に行くと、いつも魚料理を作ってくれます。

去祖母家的話，她總是做魚料理給我吃。

0745
りょこう
【旅行】

名・自Ⅲ 旅行，旅遊

衍 ツアー【tour】旅行團

例 あなたは１年に何回旅行に行きますか。　你１年去旅行幾次？

れ／レ

0746
れいぞうこ
【冷蔵庫】
45

名 冰箱

衍 れいとうこ【冷凍庫】冷凍庫

例 冷蔵庫に入れても、すぐ悪くなりますから、金曜日までに食べてください。

即使放進冰箱還是很快就會壞掉，所以請在星期五前把它吃掉。

0747
レストラン
【（法）restaurant】

名 餐廳

衍 しょくどう【食堂】食堂

例 あのレストランの料理はおいしくて安いです。

那間餐廳的菜好吃又便宜。

0748
レポート
【report】

名 報告；報導

例 明日レポートを書かなければなりません。　明天必須寫報告。

┌─ 出題重點 ─

▶文法　Ｖ―ない＋なければならない　必須

表示某個行為是必要的、必須去做的。

例 病気ですから、毎日薬を飲まなければなりません。

因為生病，每天都必須吃藥。

0749
☐

れんしゅう
【練習】

名・他Ⅲ 練習
衍 べんきょう【勉強】唸書；學習

例 最近、毎週、バスケの練習をしています。だんだん上手になりました。

最近每個星期都在練習籃球，漸漸變得熟練。

▼ろ／ロ

0750
☐
🔊
46

ろうか
【廊下】

名 走廊
衍 かいだん【階段】樓梯

例 廊下を走らないでください。　請勿在走廊上奔跑。

0751
☐

ロビー
【lobby】

名 大廳

例 ホテルのロビーでスーツケースを開けてはいけません。マナーが悪いです。

不可以在飯店大廳開行李箱，很沒有禮貌。

出題重點

▶文法　V－てはいけません　不可以~

表示禁止做某事。

▶わ／ワ

0752 ワイン
【wine】
- 名 葡萄酒
- 衍 おさけ【お酒】酒／ビール【(荷)bier】啤酒

47 例 赤ワインより白ワインのほうが好きです。

比起紅酒，我更喜歡白酒。

0753 わかい
【若い】
- い形 年輕的
- 反 ねんぱいのひと【年配の人】年老者

例 この町には若い人が少なくなりました。

這個鎮上年輕人越來越少了。

0754 わかる
【分かる】
- 自I 明白，懂
- 衍 しる【知る】知道

例 先生、5番の問題がわかりません。　老師，我不懂第5題。

0755 わすれる
【忘れる】
- 他II 忘記，遺忘
- 反 おぼえる【覚える】記得

例 A：私の名前、覚えていますか。　你還記得我的名字嗎？

B：すみません。忘れました。　對不起，我忘了。

0756 わたし
【私】
- 代 （第一人稱）我
- 衍 ぼく【僕】（男性用的第一人稱）我

例 私は英語の先生は優しい人だと思います。

我認為英文老師是個溫柔的人。

出題重點

▶文法　〜と思う　認為、覺得

表示說話者的想法或主觀判斷，要注意第三人稱不能使用本句型。另外，
「と」的前面不會接「です」或動詞的「ます形」，而是接「普通形」。

（×）来ませんと思います。

（○）来ないと思います。　我認為不會來。

（×）簡単でしたと思います。

（○）簡単だったと思います。　我覺得很簡單。

0757 わたす
【渡す】
他I 交，給
衍 とどく【届く】傳達／あげる 給

例 このプリントを中村さんに渡してください。

請把這份影印資料拿給中村先生。

0758 わたる
【渡る】
自I 渡（海、河）；過（橋、馬路）
衍 とおる【通る】通過

例 次の交差点を渡って、左に曲がるとうちです。

過了下一個十字路口，向左轉就是我家。

0759 わるい
【悪い】
い形 壞的，不好的
反 いい 好的　衍 ひどい 過分的

例 食べ放題でたくさん食べて、気分が悪くなりました。

因為在吃到飽吃了很多，變得很難受。

附　錄

招呼語

問候

おはようございます。	早安。
こんにちは。	午安。／你好。
こんばんは。	晚安。
おやすみなさい。	（睡前）晚安。

道別

さようなら。	再見。（正式、禮貌）
また明日。	明天見。
またね。	再見。
（それ）じゃあ。／（それ）では。	再見。
失礼します。	告辭了。

道謝

A：（どうも）ありがとうございます。	（非常）謝謝你。
B：どういたしまして。	不客氣。

道歉

すみません。	不好意思。
ごめんなさい。	對不起。
申し訳ございません。	非常抱歉。

出門

A：行ってきます。	我出門了。
B：いってらっしゃい。	路上小心。／請慢走。

回家

A：ただいま。／ただいま帰りました。	我回來了。
B：お帰り。／お帰りなさい。	歡迎回來。

用餐

いただきます。	我不客氣了。（吃飯前開動用語）
ご馳走さまでした。	多謝款待。

初次見面

A：初めまして。　初次見面。

　　（どうぞ）よろしくお願いします。　請多指教。

B：こちらこそ。よろしくお願いします。　彼此彼此，請多指教。

久違問候

A：お久しぶりです。お元気ですか。　好久不見，最近好嗎？

B：はい、おかげさまで、元気です。　是的，託您的福，我很好。

祝福

A：おめでとうございます。　恭喜！

B：ありがとうございます。　謝謝你。

關心

A：お大事に。　請多保重。（對生病的人）

B：ありがとうございます。　謝謝你。

婉拒

けっこうです。　不用了，謝謝。

請託

お願いします。　拜託了。／麻煩了。

結帳

これでお願いします。　麻煩用這個（信用卡、電子錢包 等）結帳。

別々でお願いします。　請幫我們分開結帳。

迎客

いらっしゃいませ。　歡迎光臨。

向他人提到自己的家人

そ ふ
祖父
祖父，外祖父

そ ぼ
祖母
祖母，外祖母

ちち
父
爸爸

はは
母
媽媽

あに
兄
哥哥

あね
姉
姊姊

わたし
私
自己

おとうと
弟
弟弟

いもうと
妹
妹妹

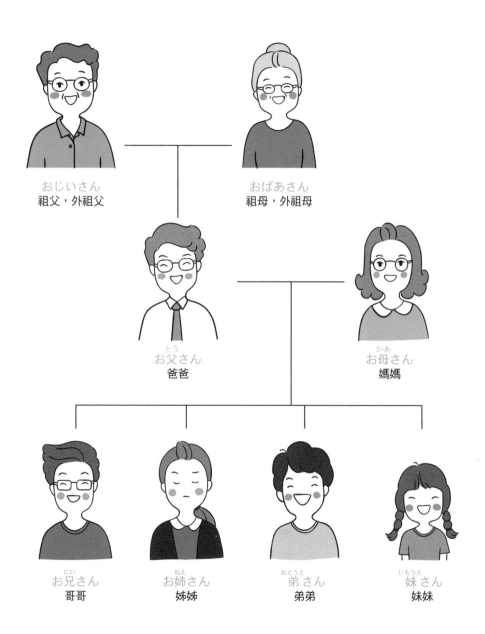

おじいさん
祖父，外祖父

おばあさん
祖母，外祖母

お父<ruby>とう</ruby>さん
爸爸

お母<ruby>かあ</ruby>さん
媽媽

お兄<ruby>にい</ruby>さん
哥哥

お姉<ruby>ねえ</ruby>さん
姊姊

弟<ruby>おとうと</ruby>さん
弟弟

妹<ruby>いもうと</ruby>さん
妹妹

主題單字

身體			情感			興趣		
あたま	【頭】	頭	よろこぶ	【喜ぶ】	喜悅	えいが	【映画】	電影
め	【目】	眼睛	うれしい	【嬉しい】	開心的	どくしょ	【読書】	讀書
はな	【鼻】	鼻子	たのしい	【楽しい】	開心的	ダンス	【dance】	跳舞
くち	【口】	嘴巴	さびしい	【寂しい】	寂寞的	さつえい	【撮影】	攝影
は	【歯】	牙齒	かなしむ	【悲しむ】	難過	スポーツ	【sport】	運動
みみ	【耳】	耳朵	かなしい	【悲しい】	傷心的	おんがく	【音楽】	音樂
て	【手】	手	おこる	【怒る】	生氣	ドラマ	【drama】	戲劇
せ	【背】	背	つかれる	【疲れる】	疲倦	ゲーム	【game】	電玩
おなか	【お腹】	肚子	つらい	【辛い】	痛苦的	りょこう	【旅行】	旅行
あし	【足】	腳	しんぱいな	【心配な】	擔心的	りょうり	【料理】	做菜

職業			運動		
せんせい	【先生】	老師	やきゅう	【野球】	棒球
きょうし	【教師】	老師	テニス	【tennis】	網球
サラリーマン		上班族	サッカー	【soccer】	足球
いしゃ	【医者】	醫生	バドミントン	【badminton】	羽球
かんごし	【看護師】	護理師	バレーボール	【volleyball】	排球
べんごし	【弁護士】	律師	バスケットボール	【basketball】	籃球
けいさつ	【警察】	警察	たっきゅう	【卓球】	桌球
はいゆう	【俳優】	演員	すいえい	【水泳】	游泳
かしゅ	【歌手】	歌手	ジョギング	【jogging】	慢跑
シェフ	【(法)chef】	主廚	スキー	【ski】	滑雪

服裝			服飾配件		
コート	【coat】	大衣	ぼうし	【帽子】	帽子
ジャケット	【jacket】	夾克	めがね	【眼鏡】	眼鏡
スーツ	【suit】	套裝	サングラス	【sunglasses】	墨鏡
シャツ	【shirt】	襯衫	ネクタイ	【necktie】	領帶
ティーシャツ	【Tシャツ】	T恤	ネックレス	【necklace】	項鍊
セーター	【sweater】	毛衣	ゆびわ	【指輪】	戒指
うわぎ	【上着】	上衣；外衣	さいふ	【財布】	錢包
したぎ	【下着】	內衣褲	てぶくろ	【手袋】	手套
ズボン	【(法)jupon】	褲子	くつした	【靴下】	襪子
スカート	【skirt】	裙子	くつ	【靴】	鞋子

家具、電器用品			文具		
ベッド	【bed】	床	ノート	【note】	筆記本
テーブル	【table】	餐桌	てちょう	【手帳】	記事本
つくえ	【机】	書桌	えんぴつ	【鉛筆】	鉛筆
いす	【椅子】	椅子	ボールペン	【ball-point pen】	原子筆
たんす		衣櫃	けしゴム	【消しゴム】	橡皮擦
ほんだな	【本棚】	書櫃	じょうぎ	【定規】	尺
テレビ	【television】	電視	ホッチキス		釘書機
れいぞうこ	【冷蔵庫】	冰箱	はさみ		剪刀
エアコン	【air conditioner】	空調	セロテープ		透明膠帶
せんたくき	【洗濯機】	洗衣機	ファイル	【file】	資料夾

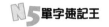

食物			日式料理		
あさごはん	【朝ごはん】	早餐	そば	【蕎麦】	蕎麥麵
ひるごはん	【昼ごはん】	午餐	うどん		烏龍麵
ばんごはん	【晩ごはん】	晚餐	ぎゅうどん	【牛丼】	牛丼
デザート	【dessert】	甜點	みそしる	【味噌汁】	味噌湯
おかし	【お菓子】	點心；糖果	からあげ	【唐揚げ】	日式炸雞
おべんとう	【お弁当】	便當	すし	【寿司】	壽司
パン	【(葡)pão】	麵包	さしみ	【刺身】	生魚片
サラダ	【salad】	沙拉	すきやき	【すき焼き】	壽喜燒
スープ	【soup】	湯	おこのみやき	【お好み焼き】	大阪燒・廣島燒
なべ	【鍋】	火鍋	たこやき	【たこ焼き】	章魚燒

日本地名					
ほっかいどう	【北海道】	北海道	きょうと	【京都】	京都
とうほくちほう	【東北地方】	東北地區	おおさか	【大阪】	大阪
せんだい	【仙台】	仙台	こうべ	【神戸】	神戶
かんとうちほう	【関東地方】	關東地區	ちゅうごくちほう	【中国地方】	中國地區
とうきょう	【東京】	東京	ひろしま	【広島】	廣島
よこはま	【横浜】	橫濱	しこくちほう	【四国地方】	四國地區
とうかいちほう	【東海地方】	東海地區	きゅうしゅうちほう	【九州地方】	九州地區
しずおか	【静岡】	靜岡	ふくおか	【福岡】	福岡
なごや	【名古屋】	名古屋	かごしま	【鹿児島】	鹿兒島
きんきちほう	【近畿地方】	近畿地區	おきなわ	【沖縄】	沖繩
かんさい	【関西】	關西			

方向、位置

きた	【北】	北	なか	【中】	中間
みなみ	【南】	南	おもて	【表】	前面；正面
にし	【西】	西	うら	【裏】	後面；背面
ひがし	【東】	東	そと	【外】	外面
うえ	【上】	上	うち	【内】	裡面
した	【下】	下	よこ	【横】	旁邊；横
ひだり	【左】	左	そば	【傍】	旁邊
みぎ	【右】	右	となり	【隣】	隔壁
まえ	【前】	前面	へん	【辺】	附近
うしろ	【後ろ】	後面	さき	【先】	前方

交通工具

じどうしゃ	【自動車】	汽車
じてんしゃ	【自転車】	腳踏車
タクシー	【taxi】	計程車
バス	【bus】	公車
ちかてつ	【地下鉄】	地下鐵
でんしゃ	【電車】	電車
しんかんせん	【新幹線】	新幹線
ふね	【船】	船
フェリー	【ferry】	渡輪
ひこうき	【飛行機】	飛機

量詞

物品			年齡			人數		
ひとつ	【1つ】	1個	いっさい	【1歳】	1歳	ひとり	【1人】	1人
ふたつ	【2つ】	2個	にさい	【2歳】	2歳	ふたり	【2人】	2人
みっつ	【3つ】	3個	さんさい	【3歳】	3歳	さんにん	【3人】	3人
よっつ	【4つ】	4個	よんさい	【4歳】	4歳	よにん	【4人】	4人
いつつ	【5つ】	5個	ごさい	【5歳】	5歳	ごにん	【5人】	5人
むっつ	【6つ】	6個	ろくさい	【6歳】	6歳	ろくにん	【6人】	6人
ななつ	【7つ】	7個	ななさい	【7歳】	7歳	しちにん ななにん	【7人】	7人
やっつ	【8つ】	8個	はっさい	【8歳】	8歳	はちにん	【8人】	8人
ここのつ	【9つ】	9個	きゅうさい	【9歳】	9歳	きゅうにん	【9人】	9人
とお	【10】	10個	じゅっさい	【10歳】	10歳	じゅうにん	【10人】	10人

物品			車輛、機器等			中小型動物		
いっこ	【1個】	1個	いちだい	【1台】	1臺	いっぴき	【1匹】	1隻
にこ	【2個】	2個	にだい	【2台】	2臺	にひき	【2匹】	2隻
さんこ	【3個】	3個	さんだい	【3台】	3臺	さんびき	【3匹】	3隻
よんこ	【4個】	4個	よんだい	【4台】	4臺	よんひき	【4匹】	4隻
ごこ	【5個】	5個	ごだい	【5台】	5臺	ごひき	【5匹】	5隻
ろっこ	【6個】	6個	ろくだい	【6台】	6臺	ろっぴき	【6匹】	6隻
ななこ	【7個】	7個	ななだい	【7台】	7臺	ななひき	【7匹】	7隻
はっこ	【8個】	8個	はちだい	【8台】	8臺	はっぴき	【8匹】	8隻
きゅうこ	【9個】	9個	きゅうだい	【9台】	9臺	きゅうひき	【9匹】	9隻
じゅっこ	【10個】	10個	じゅうだい	【10台】	10臺	じゅっぴき	【10匹】	10隻

書本			薄的東西（紙、CD 等） 			細長物（筆、寶特瓶等） 		
いっさつ	【1 冊】	1 本	いちまい	【1 枚】	1 張	いっぽん	【1 本】	1 支
にさつ	【2 冊】	2 本	にまい	【2 枚】	2 張	にほん	【2 本】	2 支
さんさつ	【3 冊】	3 本	さんまい	【3 枚】	3 張	さんぼん	【3 本】	3 支
よんさつ	【4 冊】	4 本	よんまい	【4 枚】	4 張	よんほん	【4 本】	4 支
ごさつ	【5 冊】	5 本	ごまい	【5 枚】	5 張	ごほん	【5 本】	5 支
ろくさつ	【6 冊】	6 本	ろくまい	【6 枚】	6 張	ろっぽん	【6 本】	6 支
ななさつ	【7 冊】	7 本	ななまい	【7 枚】	7 張	ななほん	【7 本】	7 支
はっさつ	【8 冊】	8 本	はちまい	【8 枚】	8 張	はっぽん はちほん	【8 本】	8 支
きゅうさつ	【9 冊】	9 本	きゅうまい	【9 枚】	9 張	きゅうほん	【9 本】	9 支
じゅっさつ	【10 冊】	10 本	じゅうまい	【10 枚】	10 張	じゅっぽん	【10 本】	10 支

器皿（馬克杯、茶杯等）			次數、頻率			號碼、順序		
いっぱい	【1 杯】	1 杯	いっかい	【1 回】	1 次	いちばん	【1 番】	1 號
にはい	【2 杯】	2 杯	にかい	【2 回】	2 次	にばん	【2 番】	2 號
さんばい	【3 杯】	3 杯	さんかい	【3 回】	3 次	さんばん	【3 番】	3 號
よんはい	【4 杯】	4 杯	よんかい	【4 回】	4 次	よんばん	【4 番】	4 號
ごはい	【5 杯】	5 杯	ごかい	【5 回】	5 次	ごばん	【5 番】	5 號
ろっぱい	【6 杯】	6 杯	ろっかい	【6 回】	6 次	ろくばん	【6 番】	6 號
ななはい	【7 杯】	7 杯	ななかい	【7 回】	7 次	ななばん	【7 番】	7 號
はっぱい	【8 杯】	8 杯	はっかい	【8 回】	8 次	はちばん	【8 番】	8 號
きゅうはい	【9 杯】	9 杯	きゅうかい	【9 回】	9 次	きゅうばん	【9 番】	9 號
じゅっぱい	【10 杯】	10 杯	じゅっかい	【10 回】	10 次	じゅうばん	【10 番】	10 號

星期、月份與日期

星期			月份		
げつようび	【月曜日】	星期一	いちがつ	【1月】	1月
かようび	【火曜日】	星期二	にがつ	【2月】	2月
すいようび	【水曜日】	星期三	さんがつ	【3月】	3月
もくようび	【木曜日】	星期四	しがつ	【4月】	4月
きんようび	【金曜日】	星期五	ごがつ	【5月】	5月
どようび	【土曜日】	星期六	ろくがつ	【6月】	6月
にちようび	【日曜日】	星期日	しちがつ	【7月】	7月
			はちがつ	【8月】	8月
			くがつ	【9月】	9月
			じゅうがつ	【10月】	10月
			じゅういちがつ	【11月】	11月
			じゅうにがつ	【12月】	12月

日期					
ついたち	【1日】	1號	じゅうよっか	【14日】	14號
ふつか	【2日】	2號	じゅうごにち	【15日】	15號
みっか	【3日】	3號	じゅうろくにち	【16日】	16號
よっか	【4日】	4號	じゅうしちにち	【17日】	17號
いつか	【5日】	5號	じゅうはちにち	【18日】	18號
むいか	【6日】	6號	じゅうくにち	【19日】	19號
なのか	【7日】	7號	はつか	【20日】	20號
ようか	【8日】	8號	にじゅういちにち	【21日】	21號
ここのか	【9日】	9號	にじゅうににち	【22日】	22號
とおか	【10日】	10號	にじゅうさんにち	【23日】	23號
じゅういちにち	【11日】	11號	にじゅうよっか	【24日】	24號
じゅうににち	【12日】	12號	にじゅうごにち	【25日】	25號
じゅうさんにち	【13日】	13號	にじゅうろくにち	【26日】	26號

にじゅうしちにち	【27 日】	27 號	さんじゅうにち	【30 日】	30 號
にじゅうはちにち	【28 日】	28 號	さんじゅういちにち	【31 日】	31 號
にじゅうくにち	【29 日】	29 號			

期間

天數			星期，週		
いちにち	【1 日】	1 天	いっしゅうかん	【1 週間】	1 星期
ふつか	【2 日】	2 天	にしゅうかん	【2 週間】	2 星期
みっか	【3 日】	3 天	さんしゅうかん	【3 週間】	3 星期
よっか	【4 日】	4 天	よんしゅうかん	【4 週間】	4 星期
いつか	【5 日】	5 天	ごしゅうかん	【5 週間】	5 星期
むいか	【6 日】	6 天	ろくしゅうかん	【6 週間】	6 星期
なのか	【7 日】	7 天	ななしゅうかん	【7 週間】	7 星期
ようか	【8 日】	8 天	はっしゅうかん	【8 週間】	8 星期
ここのか	【9 日】	9 天	きゅうしゅうかん	【9 週間】	9 星期
とおか	【10 日】	10 天	じゅっしゅうかん	【10 週間】	10 星期

月			年		
いっかげつ	【1 か月】	1 個月	いちねん	【1 年】	1 年
にかげつ	【2 か月】	2 個月	にねん	【2 年】	2 年
さんかげつ	【3 か月】	3 個月	さんねん	【3 年】	3 年
よんかげつ	【4 か月】	4 個月	よねん	【4 年】	4 年
ごかげつ	【5 か月】	5 個月	ごねん	【5 年】	5 年
ろっかげつ	【6 か月】	6 個月	ろくねん	【6 年】	6 年
ななかげつ	【7 か月】	7 個月	ななねん しちねん	【7 年】	7 年
はちかげつ はっかげつ	【8 か月】	8 個月	はちねん	【8 年】	8 年
きゅうかげつ	【9 か月】	9 個月	きゅうねん	【9 年】	9 年
じゅっかげつ	【10 か月】	10 個月	じゅうねん	【10 年】	10 年

時間副詞

過去					
おととし	【一昨年】	前年	きょねん	【去年】	去年
せんせんげつ	【先々月】	上上個月	せんげつ	【先月】	上個月
せんせんしゅう	【先々週】	上上星期	せんしゅう	【先週】	上星期
おととい	【一昨日】	前天	きのう	【昨日】	昨天
—			さくばん さくや	【昨晩】 【昨夜】	昨晚

今～			每～		
ことし	【今年】	今年	まいとし	【毎年】	每年
こんげつ	【今月】	這個月	まいつき	【毎月】	每個月
こんしゅう	【今週】	這星期	まいしゅう	【毎週】	每星期
きょう	【今日】	今天	まいにち	【毎日】	每天
けさ	【今朝】	今早	まいあさ	【毎朝】	每天早上
こんばん こんや	【今晩】 【今夜】	今晚	まいばん	【毎晩】	每天晚上

未來					
らいねん	【来年】	明年	さらいねん	【再来年】	後年
らいげつ	【来月】	下個月	さらいげつ	【再来月】	下下個月
らいしゅう	【来週】	下星期	さらいしゅう	【再来週】	下下星期
あした	【明日】	明天	あさって	【明後日】	後天

時刻

點			分		
いちじ	【1 時】	1 點	いっぷん	【1 分】	1 分
にじ	【2 時】	2 點	にふん	【2 分】	2 分
さんじ	【3 時】	3 點	さんぷん	【3 分】	3 分
よじ	【4 時】	4 點	よんぷん	【4 分】	4 分
ごじ	【5 時】	5 點	ごふん	【5 分】	5 分
ろくじ	【6 時】	6 點	ろっぷん	【6 分】	6 分
しちじ	【7 時】	7 點	ななふん	【7 分】	7 分
はちじ	【8 時】	8 點	はっぷん	【8 分】	8 分
くじ	【9 時】	9 點	きゅうふん	【9 分】	9 分
じゅうじ	【10 時】	10 點	じゅっぷん	【10 分】	10 分
じゅういちじ	【11 時】	11 點	じゅうごふん	【15 分】	15 分
じゅうにじ	【12 時】	12 點	さんじゅっぷん	【30 分】	30 分

數字

1～10、0			百			千、萬		
いち	【1】	1	ひゃく	【百】	100	せん	【千】	1000
に	【2】	2	にひゃく	【2 百】	200	にせん	【2 千】	2000
さん	【3】	3	さんびゃく	【3 百】	300	さんぜん	【3 千】	3000
よん・し	【4】	4	よんひゃく	【4 百】	400	よんせん	【4 千】	4000
ご	【5】	5	ごひゃく	【5 百】	500	ごせん	【5 千】	5000
ろく	【6】	6	ろっぴゃく	【6 百】	600	ろくせん	【6 千】	6000
なな・しち	【7】	7	ななひゃく	【7 百】	700	ななせん	【7 千】	7000
はち	【8】	8	はっぴゃく	【8 百】	800	はっせん	【8 千】	8000
きゅう・く	【9】	9	きゅうひゃく	【9 百】	900	きゅうせん	【9 千】	9000
じゅう	【10】	10	—			いちまん	【1 万】	10000
ゼロ・れい	【0】	0						

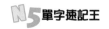

常見副詞

あまり	不太～	（後接否定句）表示程度不太～、不怎麼～。
いつも	總是	表示頻率極高，或是無論何時。
きっと	一定	表示推測，句尾常搭配「でしょう」一起使用。
すぐ	馬上，立刻	表示時間間隔非常短暫。
すこし	少許，一點，一些	表示程度不多。
ずっと	一直；～得多，更～	表示某狀態持續很久，或是用來加強比較的程度。
ぜひ	務必，一定	用來表示希望能實現的強烈心情。
ぜんぜん	完全，根本	（後接否定句）表示完全不～。
たいへん	很，非常	用來強調程度。
ときどき	有時	用來表示頻率。
とても	很，非常	用來強調程度。
ちょっと	一下；稍微	表示時間短暫，或表示程度上的稍微、一點點。
ちょうど	剛好；整	表示時間上剛好或是正要做某事，也可表示剛好的數量。
また	又，再	表示相同事情再次發生。
まだ	尚未，還沒；還	表示還沒到達某程度、狀態，或指動作、狀態依然持續中。
もう	已經；再	表示動作已完成，或程度超越某基準。亦可表示另外、再。
もっと	更加	表示加強程度或狀態。
やはり やっぱり	還是；果然	表示依然，或最後仍舊。還可表示與預期相同的結果。「やっぱり」為「やはり」的口語用法。
よく	經常；好好地；很	表示頻率高，或表示好好地、充分地，亦可強調程度。

接續詞

順接

だから	所以，因此		表示因果關係。

逆接

しかし	但是，可是	表示後方敘述與前方相反。
でも	但是，可是	表示後方敘述與前方相反，「しかし」的口語用法。
けれども	但是，可是	用於轉折語氣。

並列、添加

そして	還有，而且；然後	用於列舉事物，或表示動作的順序。
それから	還有；然後；從那之後	用於列舉事物，或表示動作的順序。
それに	還有，而且	用於列舉相同類型的事物。

選擇

または	或是		表示可在兩種事物之間做選擇。

轉換

では	那麼		置於句首，用來轉換話題。

意思相對的形容詞

あかるい	【明るい】	明亮的	くらい	【暗い】	昏暗的
あたらしい	【新しい】	新的	ふるい	【古い】	舊的
あつい	【熱い】	熱的，燙的	つめたい	【冷たい】	冰冷的，冰涼的
あつい	【暑い】	炎熱的	さむい	【寒い】	寒冷的
あつい	【厚い】	厚的	うすい	【薄い】	薄的
あぶない	【危ない】	危險的	あんぜん（な）	【安全（な）】	安全的
あまい	【甘い】	甜的	にがい	【苦い】	苦的
いい		好的	わるい	【悪い】	壞的，不好的
いそがしい	【忙しい】	忙碌的	ひま（な）	【暇（な）】	有空的
おいしい	【美味しい】	好吃的	まずい		難吃的
おおい	【多い】	多的	すくない	【少ない】	少的
おおきい	【大きい】	大的	ちいさい	【小さい】	小的
おもい	【重い】	重的	かるい	【軽い】	輕的
おもしろい	【面白い】	有趣的	つまらない		無聊的
きれい（な）		乾淨的	きたない	【汚い】	髒的
じょうず（な）	【上手（な）】	好的，擅長	へた（な）	【下手（な）】	不好的，不擅長
すき（な）	【好き（な）】	喜歡的	きらい（な）	【嫌い（な）】	討厭的
たかい	【高い】	高的	ひくい	【低い】	低的
たかい	【高い】	昂貴的	やすい	【安い】	便宜的
つよい	【強い】	強的	よわい	【弱い】	弱的
とおい	【遠い】	遠的	ちかい	【近い】	近的
ながい	【長い】	長的	みじかい	【短い】	短的
にぎやか（な）		熱鬧的	しずか（な）	【静か（な）】	安靜的
はやい	【速い・早い】	快的；早的	おそい	【遅い】	慢的；晚的
ひろい	【広い】	寬的	せまい	【狭い】	窄的
ふとい	【太い】	粗的；胖的	ほそい	【細い】	細的；瘦的
べんり（な）	【便利（な）】	方便的	ふべん（な）	【不便（な）】	不便的

意思相對的動詞

あるく	【歩く】	走	はしる	【走る】	跑
あける	【開ける】	打開	しめる	【閉める】	關閉
あげる	【上げる】	抬高	さげる	【下げる】	降低
いれる	【入れる】	放入	だす	【出す】	拿出
いく	【行く】	去	くる	【来る】	來
うる	【売る】	賣	かう	【買う】	買
おきる	【起きる】	起床	ねる	【寝る】	睡覺
おしえる	【教える】	教	おそわる	【教わる】	被教
おす	【押す】	推	ひく	【引く】	拉
おぼえる	【覚える】	記得	わすれる	【忘れる】	忘記
かす	【貸す】	借出	かりる	【借りる】	借入
きる	【着る】	穿	ぬぐ	【脱ぐ】	脱
さく	【咲く】	開花	ちる	【散る】	凋謝
しぬ	【死ぬ】	死亡	いきる	【生きる】	生存；活
すてる	【捨てる】	丟	ひろう	【拾う】	撿
すわる	【座る】	坐	たつ	【立つ】	站
でかける	【出かける】	出門	かえる	【帰る】	回家
とまる	【止まる】	停	うごく	【動く】	動
なく	【泣く】	哭	わらう	【笑う】	笑
のる	【乗る】	搭乘	おりる	【降りる】	下（車）
のむ	【飲む】	喝	はく	【吐く】	吐
はじまる	【始まる】	開始	おわる	【終わる】	結束
はたらく	【働く】	工作	やすむ	【休む】	休息
ふる	【降る】	下（雨）	やむ	【止む】	（雨）停

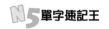

動詞變化表
第 1 類動詞

辭書形		ます形	て形	た形	ない形
書く	寫	書きます	書いて	書いた	書かない
急ぐ	著急・趕快	急ぎます	急いで	急いだ	急がない
行く	去	行きます	行って	行った	行かない
言う	說；叫做	言います	言って	言った	言わない
待つ	等待	待ちます	待って	待った	待たない
帰る	回去	帰ります	帰って	帰った	帰らない
呼ぶ	呼叫	呼びます	呼んで	呼んだ	呼ばない
読む	閱讀	読みます	読んで	読んだ	読まない
死ぬ	死亡	死にます	死んで	死んだ	死なない
話す	說・講	話します	話して	話した	話さない

第 2 類動詞

辭書形		ます形	て形	た形	ない形
開ける	打開	開けます	開けて	開けた	開けない
上げる	抬高	上げます	上げて	上げた	上げない
あげる	給・送	あげます	あげて	あげた	あげない
浴びる	淋浴	浴びます	浴びて	浴びた	浴びない
いる	有；在	います	いて	いた	いない
入れる	放入	入れます	入れて	入れた	入れない
生まれる	出生	生まれます	生まれて	生まれた	生まれない
起きる	起床；發生	起きます	起きて	起きた	起きない
教える	教；告訴	教えます	教えて	教えた	教えない
覚える	記得	覚えます	覚えて	覚えた	覚えない
降りる	下（車）	降ります	降りて	降りた	降りない
下りる	下（樓）	下ります	下りて	下りた	下りない

かける	打電話；戴	かけます	かけて	かけた	かけない
借りる	借入	借ります	借りて	借りた	借りない
考える	思考	考えます	考えて	考えた	考えない
消える	消失	消えます	消えて	消えた	消えない
着る	穿（衣服）	着ます	着て	着た	着ない
答える	回答	答えます	答えて	答えた	答えない
閉める	關閉	閉めます	閉めて	閉めた	閉めない
調べる	調查；查詢	調べます	調べて	調べた	調べない
捨てる	丟	捨てます	捨てて	捨てた	捨てない
食べる	吃	食べます	食べて	食べた	食べない
足りる	足夠	足ります	足りて	足りた	足りない
疲れる	疲勞・疲倦	疲れます	疲れて	疲れた	疲れない
点ける	開電源；點燃	点けます	点けて	点けた	点けない
勤める	上班・工作	勤めます	勤めて	勤めた	勤めない
出かける	出門	出かけます	出かけて	出かけた	出かけない
できる	能夠；會	できます	できて	できた	できない
出る	出去	出ます	出て	出た	出ない
並べる	排列・擺列	並べます	並べて	並べた	並べない
寝る	睡覺	寝ます	寝て	寝た	寝ない
始める	開始	始めます	始めて	始めた	始めない
晴れる	放晴	晴れます	晴れて	晴れた	晴れない
見せる	給人看	見せます	見せて	見せた	見せない
見る	看	見ます	見て	見た	見ない
止める	停止；戒	止めます	止めて	止めた	止めない
忘れる	忘記	忘れます	忘れて	忘れた	忘れない

第 3 類動詞

辭書形		ます形	て形	た形	ない形
来る	來	来ます	来て	来た	来ない
持ってくる	帯（物品）來	持ってきます	持ってきて	持ってきた	持ってこない
連れてくる	帯（人）來	連れてきます	連れてきて	連れてきた	連れてこない
する	做	します	して	した	しない
運動する	運動	運動します	運動して	運動した	運動しない

根掘り葉掘り
生活日語字彙通

永石繪美・三民日語編輯小組　編著

同樣是公寓，「アパート」和「マンション」有什麼不同？

都譯成屋頂，但「屋上」和「屋根」真的完全一樣嗎？

日本生活中常見的事物，其實藏著你意想不到的"譯文陷阱"！！

想要深入了解生活日語字彙，就靠這本書！